시치미 떼듯 생을 사랑하는 당신에게

시치미 떼듯 생을 사랑하는 당신에게

고정순 에세이

고정순 작가와 정진호 작가가
일 년 동안 주고받은 삶에 대한 생각들을
모은 편지 형식의 에세이입니다.

차례

봄밤의 알전구

✷ 달

깊은 밤이었어요.

난 밤의 깊이를 어둠의 농도가 아니라 달의 밝기로 가늠해요. 낯선 친척 집에서 잠자리에 드는 일은 치수가 맞지 않는 옷을 입는 것처럼 어색해요. 어릴 적에 특히 그랬어요. 늦은 밤, 눈싸움을 하는 아이처럼 그다지 크지 않은 눈을 최대한 말똥말똥하게 뜨고 있는데 갑자기 아랫배가 콕콕 쑤시는 거예요. 아무래도 오줌을 너무 오래 참았던 것 같아요. 그대로 누워 오줌을 지리는 건 아무래도 수치스러울 것 같고, 일어나 화장실을 찾는 건 도깨비에게 잡혀가는 것 만큼 두려운 일이었죠.

일곱 살 어느 봄밤, 잠자리가 불편해 잠이 오지 않던 밤을 기억해요. 불편한 잠자리에서 요의를 느끼며 어둠과 사투를 벌이다 위험 수위를 느낀 나는 슬그머니 일어나 방문 손잡이를 잡았죠. 집 안이 온통 어둠에 잠겼는데 나만 깨어 있다니, 무서워서 지레 겁부터 먹었어요. 선 채로 오줌을 싸 버리는 대참사가 일어날까 봐 꾹 참고 종종걸음으로 화장실을 찾았어요. 그런데 이상하게도

예상처럼 무섭지 않았어요.

마루로 나오니 담장 위로 커다란 달이 떠 있는 거예요. 알전구 같은 달이 둥근 얼굴로 날 내려다보고 있었어요.

달은 신기해요. 커다란 부피감에 비해 고요하고 온화해요. 우주 모든 생명체 중 가장 인자한 물성을 지니지 않았을까. 낯선 친척 집 마루에서 화장실까지 무사히 횡단을 마칠 수 있도록 도와준 봄밤의 달이 고마웠어요.

'둘이 쓰는 에세이'를 제안받았을 때, 이상하게 마음이 편안했어요.

달달 무슨 달~이라고 노래를 부르면 입안이 달달해지는 달처럼. 나에게 그렇게 살가운 제안이 또 있을까? 쫓기듯 사는 나에게, 담장 위 달을 보라고 누군가 조용히 잡아끄는 느낌이었어요. 제안을 받았을 당시 나는 신약 치료를 받기 위해 준비하던 중이었어요. 좋아하는 사람과 편지를 주고받다 보면 불편한 몸을 잊고 지내지 않을까 하는 편집자의 살뜰한 마음이 이 편지의 시작이었죠.

사는 동안 나를 향한 이런 마음들이 항상 있었는데, 나밖에 모르고 사느라 잊고 있었지 뭡니까. 친한 친구에게 글을 쓰고 또 답장을 받는 일은 달이 기울고 다시 차오르길 기다리는 것처럼 기쁘고 설레는 일이네요. 정 작가의 마음도 그랬을지 궁금한데, 따로 묻지 않겠어요. 상대의 마음을 짐작하는 일은 행복하지만, 뭔가 부담이 될지 모르니까 그냥 궁금증으로 남길래요.

밤하늘에서 간절하게 달을 찾을 때가 있나요?

그림책 작가 지망생 시절이 길어질수록 달을 찾는 날이 많았죠. 아르바이트를 하고 늦은 밤 귀가할 때마다 밤하늘에서 달을 찾았어요. 밤하늘에서 달을 찾는 사람, 원하는 게 있는 사람이죠.

일찍 도착한 그림책의 세계가 낯설어 혼자 외로웠다는 정 작가의 말을 듣고 사람에게 저마다 달의 뒤편처럼 사정이 있다는 생각이 들었어요.

나는 그림을 그리는 사람으로 살면서 달을 많이 그렸어요. 이제 하는 말인데, 뭘 그려야 할지 몰라 연필이 흰 종이 위를 방황할 때도 무의식적으로 달을 그렸어요. 가끔은 세 끼 밥을 먹듯 당연하다고 여겼던 일에 의문이 들어요. 나는 왜 햇볕과 바람 그리고 달과 별을 그릴 수 있다고 생각하는 걸까요? 만질 수도 없고 정확한 생김도 알 수 없는데 말이에요. 그것들을 그릴 수 있다고 믿는 이유는 똑똑히 보고 싶은 마음 때문인지도 모르겠어요. 제대로 보고 싶어서, 선명하게 느끼고 싶어서 제멋대로 상상하고, 마음껏 그려 보는 것인지도 모르겠어요.

나는 모든 생명체의 죽음 뒤에 아무것도 없다고 생각했어요. 사랑하는 존재가 떠나면 별이 될 거라고 믿는 건, 남겨진 사람들의 자기 위안에 지나지 않는다고. 별이 되거나 달에 갔다고 믿는 이유는, 우리가 눈을 맞추고 서로의 이름을 부르고 한 시절을 함께했기에 지니는 소망일 거라고. 사랑한 존재를 기억하는 하나의 방식이겠죠.

그리움만 한 그림도 없는 것 같아요. 그림을 그리는 사람이라 다행이라고 생각하는 순간이기도 하죠.

우리 앞으로 서로의 안부를 묻는 일만은 게을리하지 말아요. '우리'라는 단어가 있어 가능한 문장이 늘어 가는 요즘에 데면데면한 애정 표현 잊지 말아요.

친구가.

바람돌이 선물 * 사랑

몇 해 전 눈이 많이 내려, 여행 간 섬마을에 열흘 정도 고립된 적이 있었어요. 그곳에 고양이 친구들이 많아 가끔 먹을 걸 주곤 했죠. 고립 생활이긴 했지만 나름 평온했던 어느 날, 이른 새벽 숙소 앞마당을 쓰는 소리에 잠이 달아났어요. 창밖을 보니 젊은 청년이 혼자 직원 숙소부터 식당 앞까지 눈을 쓸고 있었어요. 빗자루로 눈을 쓸어 내는 게 아니라 몸으로 눈 무덤을 민다고 해야 할까, 아무튼 '대단한 사람이네.' 하며 무심코 넘겼는데, 직원들이 모두 나와 식당에 아침 먹으러 갈 때 알았어요. 한 사람의 뒷모습만 바라보고 있는 청년의 눈빛을 보고 알았어요. 좋아하는 사람을 위해 눈을 쓸었다는 걸. 참 부지런한 사랑이다, 싶었죠.

정 작가는 누군가를 사랑할 때 어떤 사람이 되나요?

함께 미술 공부하던 중학생 친구들이 알려 줬는데, 누군가를 좋아하면 댕댕이로 변하는 사람이 있고 야옹이로 변하는 사람이 있다고 해요. 물론 개와 고양이에 관한 일반적인 분류가 그렇게 정확하지 않다는 걸 알고 있지만 대체로 사람들은 쉽게 마음을 주면 개과의 사람이고 얌체처럼 굴면 고양이과 사람이라고 하죠. 중요한 건 종의 분류가 아니라 변한다는 사실일 텐데, 더 좋아하면 손해 본다고 생각하는 사람, 마치 사랑에 손익분기점이 있을 거라 믿는 사람들 때문에 생긴 분류가 아닐까 싶어요. 개 같은 사랑은 밑지는 장사라고 생각하기 쉽죠. 친구가 그러는데 나는 누군가를 좋아하면 너구리가 된다고 하더라고요. 아닌 척하면서 마음을 다 줘 버리는 의뭉스러운 사람이라나 뭐라나.

타이어를 먹는 바람돌이는 모래요정이었죠.

나란 사람은 앞날을 계획할 때보다 지난 일을 복기하는 데 알차게 시간을 낭비하니까, 아마도 내 기억이 맞을 거예요. 이 만화 영화 주제곡 후렴구가 40년이 지난 지금도 내 뇌 어딘가에서 서식하는 기분이에요. 까삐까삐늠~늠 까삐까삐늠늠, 이렇게 말이죠. 바람돌이가 모래요정이긴 한데, 모래 세상에서 어떤 일을 담당하는지 기억나지 않아요. 하는 일 없이 빛나고 노력 없이도 마술이 가능한 맥락 없이 귀여운 존재가 바로 요정이니까, 바람돌이도 크게 다르지 않았겠죠.

바람돌이는 하루에 한 가지 아이들의 소원을 들어줘요. 이 소원은 저물녘 원상 복구된다는 점에서 그만의 매력과 한계가 있어요. 텔레비전 만화 영화에서 인생의 허무를 깨친 일곱 살의 나는 무릎을 '탁' 쳤어요. 요행을 바라면 안 된다는 다분히 교훈적인 깨달음이었으면 좋았을 텐데. 간절히 바랄수록 이뤄지지 않는 게 있다는 쓸데없는 진리를, 바람돌이가 타이어를 씹어 먹듯 곱씹게 되었어요.

누군가를 좋아해서 만화 영화 속 주문을 외우던 날이 있었는데 아득하네요. 그럴 정도로 나이 먹은 건 아닐 텐데. 놓칠 것이 두려워 잡지 못한 손이 있었고, 알면서 모른 척한 마음도 있었고, 잠들지 못해 시를 쓴 적도 있었고, 훤한 대낮에 눈 뜨고 꿈을 꾼 적도 있었는데…, 그런 낭만적인 은유 대신 고작 까삐까삐늠늠이라니.

화실 청소를 하며 그림을 배우던 시절이 내게 있었죠.

이야기가 어째 신파로 흐르죠? 집이 가난해서가 아니라 울 아부지가 상인의 집안에 환쟁이는 있을 수 없다고 반대하셔서 어쩔 수 없었어요. 새벽에 화실 청소를 하고, 낮에 야간 직업 학교에 갔어요. 그리고 밤에 화실로 다시 와 부족한 그림을 그렸어요. 청소할 때마다 몽당연필을 모아서 그림을 그렸는데(자원 낭비를 막기 위해), 언제부턴가 누군가 일부러 긴 연필을 내 이젤 앞에 두고 갔어요. 그때 난 경쟁이고 나발이고 그냥 시작만

해도 좋겠다고 생각할 정도로 마음의 여유가 없었죠.

시간이 흘러 연필의 주인이 화실 아저씨라는 걸 알았죠. 막일하고 남는 시간에 그림을 배우는 분이셨는데, 나이가 많아 화실 친구들이 그를 '아저씨'라고 불렀어요. 남들이 버린 몽당연필을 주워 쓰는(엄청 검소했죠.) 내가 안쓰러웠는지 멀쩡하게 긴 연필을 깎아서 내 이젤에 놓아 주곤 했던 거예요. 나는 점점 아저씨가 좋아졌어요.

아저씨는 날 보고 자주 웃어 주었는데, 나중에 알고 보니 하품을 하는 거였어요. 아저씨를 향한 마음이 애드벌룬처럼 부풀던 어느 날, 나더러 남동생 같은 매력이 있다고 한 아저씨의 말에 남몰래 화장실에서 웃다가 울었어요. 그림을 그리기 위해 신나게 연필을 깎다가 그 아저씨 생각이 나서 잠시 1992년 나로 돌아가, 사랑보다 멀고 우정보다 가깝다는 유행가를 들었네요. 나중에 아저씨가 화실 선생님과 연애한다는 걸 알고 세상 다시 없을 쿨한 축하를 하고 뒤돌아서 술을 사발로 들이켰던 기억이 봄날 새싹처럼 새록새록 솟네요. 사랑이라면 너무 무겁고, 좋아한다고 가볍게 말하면 그 시절 내가 서운할 만큼 어중간한 기억이지만, 내가 누군가를 좋아했던 첫 경험이니까.

아마 의식하지 못하는 사이에 나는 누군가를 좋아했고 누군가 날 좋아했을지도. 그중 가장 강렬했던 경험을 나는 '첫사랑'이라고 부르나 봐요. 사람이 사람을 혹은 동물 친구를, 나 이상으로 좋아하게 되는 경험이 사랑이라면, 그 안에 부모의 사랑, 친구의 사랑 그리고 먼 우주를 향한 사랑, 온 인류를 품는 사랑도 있겠죠.

사랑은 지구인 수만큼 있다고 쓰려고 했는데, 이곳에 없는 사람까지 포함하면 수는 더 늘어나네요. 다양한 사랑의 방식이 있고, 사랑의 유통 기한을 만년으로 정한 사람도 있죠. 죽도록 사랑하는 사람이나 죽을 만큼 사랑하는 사람이 오늘 살아 있다고 해도 이상할 게 하나도 없죠. 누군가의 부족함을 사랑하는 사랑도, 내게 없는 것에 눈이 가는 사랑도 모두 사랑이겠죠.

사전적 의미로 난해한 말도 경험으로 체득하는 게 사람인 거 같아요. 엄마를 볼 때마다 느껴요. 아버지께서 우울증 치료를 위해 동네 문화 센터에서 춤을 배우셔요. 엄마가 졸라서 할 수 없이 스텝을 밟고 계시는데 영 신통치 않나 봐요. 엄마가 그러셨어요. 가을이면 단풍 구경 가고 봄 오면 꽃구경하고 춤추고 노래하다 보면 네 아버지도 언젠가 다시 웃을 거라고. 작은 즐거움에 집중하자던 누군가의 말이 생각나요. 행복은 강도가 아니라 빈도라는 뜻일까요? 대수롭지 않게 상대의 행복을 되찾아 주기 위해 노력하는 엄마의 마음이나 남몰래 긴(?) 몽당연필을 내게 준 아저씨의 마음도 동기는 달라도 사람

사랑해

을 위하는 마음은 같겠죠. 하지만 누군가를 위해 폭설로 막힌 세상에 길을 내는 사람과 웃음을 되찾아 주기 위해 노력하는 사람에게만 있는 특별한 감정이 있죠. 아무나 할 수 없는 일을 아무렇지 않게 해 내는 행동과 마음을 사랑이라고 하는지도 모르겠어요.

둘이 나눠 먹는 아이스바가 있는데, 혹시 아나요?

그 아이스바를 부주의하게 쪼개면 한쪽만 양이 많아져요. 난 큰 쪽 아이스바를 냉큼 먹어 버리는 그런 사랑이 하고 싶어요. 기껏 아이스바 하나로 느낄 수 있는 다정한 무례를, 나도 상대도 살피지 않는 가식 없는 상태를, 이런 걸 사랑이라고 믿다니. 고양이처럼 가르릉 웃고 싶네요.

얼마 전 정 작가가 강연에서 누군가를 좋아해서 글을 썼다고 했죠? 그 이야기가 궁금해서 이렇게 두서 없는 편지를 보내요.

오늘도 최대한 심드렁한 인사말을 남기며 이만 총총.

멀리서 친구가.

내가 또 잘 지내냐고 운을 띄울 줄 알았죠?

편지를 쓰면서 알았어요. 내가 첫인사를 어색하게 생각한다는 사실을. 얼굴을 보며 하는 첫인사도 마찬가지로 어색해요. 뭐라고 설명하면 좋을까? 떨어져 지낸 시간을 빠르게 채우려 드는 느낌이랄까?

아무튼, 잘 지내죠 말고 다른 인사를 생각했어요. 정 작가는 달걀의 노른자와 흰자를 완벽하게 분리할 수 있나요? 난 할 수 있어요. 달걀을 삶으면 돼요. 시시하죠? 이렇게 시답지 않은 인사말이 건네고 싶어요. 세상에서 가장 실없는 사람이 되어 사람들을 웃기고 싶은데 어렵네요.

달걀 이야기는 누군가 내게 건넨 오래된 농담이에요. 삶은 달걀을 흰자와 노른자로 분리하는 일이 무슨 대단한 능력일까 싶어 되묻고 싶었는데, 이 사람 사는 게 고단해서 가끔 이렇게 실없는 농담을 하나 싶어 관뒀어요. 그는 다양한 능력이 있는 사람이에요.

등에 메는 가방끈의 균형을 완벽하게 맞추는 능력

이 있어 종종 친구들 어깨 아프지 말라고 맞춰 주기도 해요. 남들의 고민을 내 일처럼 여기는 능력이 있어 세상에서 소외된 사람들의 상담사로 일하죠.

예전에 지루한 액션 영화 한 편을 간신히 보고 있는데, 세상 사람들에게 저마다 초인적인 힘이 있다며 쟁반을 머리에 이고 배달 가는 상인과 커다란 짐을 싣고 오토바이를 몰고 가는 사람들을 보여 주는 장면이 나오더라고요. 나는 지루함 속에서 그 장면 하나를 간신히 건졌죠. 생활의 달인, 멋지죠? 흔히 '평범한 인간이 발휘할 수 없는 초자연적 현상을 일으킬 수 있는 능력'을 초능력이라고 하잖아요. 나는 지리멸렬한 생을 자신만의 방식으로 살아 내는 사람, 다른 사람의 고통에 공감하는 사람이 진정한 능력자 같아요.

사실 내게는 몇 가지 초라한 능력이 있어요. 내다 팔아도 500원도 받지 못할 능력이죠.

그중 하나는 시지각 능력이 좋다는 것. 다시 말해 공간과 사물의 유사성과 차이를 쉽게 구분해요. 눈을 돌려 사방을 살피지 않아도 대충 형태를 기억하기도 해요. 그래서 약도나 지도를 보고 목적지를 찾는 게 아니라 주변의 건물이나 특이점을 보고 찾아가요. 단점은 주변 환경이 달라지면 익숙한 길도 헤맨다는 거예요.

참 곤란한 능력이죠. 이 있으나 마나 한 능력을 나는 어디에 쓰는가 하면 어색한 자리에서 내가 싫어하는 사람을 빨리 발견하고 피하는 데 써요. 이 이상한 능력은 대체로 편견과 선입견을 조장할 뿐, 세상 쓸모없고 곤란한 능력이죠. 사람을 바로 보고 겪어 내는 일을 수고롭게 여겼던 이유가 바로 이 시지각 능력 때문이라고 우기고 싶어요.

이것도 능력일지 모르겠는데, 빨랫감 주머니 속 동전 개수를 맞출 수 있어요.

세탁기에서 빨래를 꺼낼 때마다 동전이 나오는데, 주머니에 동전을 넣고 세탁 버튼을 누르는 실수를 하지 않겠다고 매번 다짐하지만 열에 아홉은 동전을 발견하는 환희를(?) 경험하죠. 어디서 잘못된 것일까. 주머니에 동전을 넣는 순간부터? 아니면 세탁 전 주머니를 뒤지지 않은 순간, 그것도 아니면 애당초 세탁기에 동전을 넣으면 안 된다는 나의 고정 관념이 문제일까요? 손때 묻은 동전도 씻을 자유가 있는데. 실수가 반복되면 운명으로 여기는 것도 하나의 방법이란 착각이 들 정도로 자주 동전을 세탁해요. 진짜 문제는 세탁기에서 발견한 동전을 입고 있는 옷에 다시 넣는다는 사실이죠. 그 옷을 다시 세탁하고 동전은 또 발견되고, 뫼비우스의 띠처럼

무한 반복되는 동전일지도 몰라요.

내가 동전의 개수를 아는 비법은 간단해요. 처음 발견한 동전을 계속 발견하기 때문이죠. 세탁기 통을 부유하며 원치 않은 목욕을 했을, 필요 이상으로 깨끗한 동전처럼 나의 실수도 그렇게 반복되겠다 싶어요.

다음엔 나도 초베스트셀러를 내 보고 싶다고 말하면서 그다음, 또 그다음을 기다리는 것처럼 말이죠. 각오나 결심은 일상의 간을 삼삼하게 맞추는 양념 같으니, 혹시 정 작가도 나처럼 반복하는 실수가 있다면 그냥 초능력이라고 생각하셔요. 나는 늘 발견되는 550원의 동전들이 자가 증식하는 날을 기다릴래요. 뛰어난 시지각 능력과 동전 개수를 아는 것 말고 쓸모없는 능력이 또 있어요.

오늘 이어폰을 끼고 산책하는 길에 골목 모퉁이를 도는데 갑자기 달려온 오토바이를 피하다가 넘어졌어요. 혹시 날 걱정한다면 염려 말아요. 무사히 위기를 넘겼으니. 산책하며 이어폰으로 음악을 듣는 걸 좋아하는데 도로 상황이 좋지 않은 동네에서는 나쁜 습관이 되어버렸어요.

땅을 짚고 일어서는데 쓸데없는 생각이 들더군요. 이렇게 날 피해 간 불행이 얼마나 많았을까? 과장을 조금 보태면, 어쩌면 내게 초능력이 있는지 모르겠어요. 불행을 가까스로 피하는 초능력이면 좋겠지만 그건 아닌 것 같고, 남부럽지 않게 경험한 다양한 불행 속에서 가까스로 건져 올린, 어쩌면 남들 눈에 시시해서 헛웃음이 나올지도 모르는 작고 작은 초능력. 날 찾아오지 않은 행운보다 날 피해 간 불행에 초점을 맞추는 능력. 시시하죠?

초라한 능력을 초능력이라고 자조하는 편인데, 요즘은 갖고 싶은 초능력 하나가 생겼어요.

점점 청력을 잃어 가는 아버지의 마음의 소리를 듣고 싶어요. 말하지 않아도 아버지가 원하시는 걸 내가 눈치챌 수 있도록. 한사코 보청기를 거부하시는 아버지를 이해할 수 있도록. 긴 세월 쌓였을 말하지 못한 속내가 두렵지만, 초능력으로 우리 부녀 사이에 놓인 무심했던 시간을 간단하게 넘고 싶은가 봐요.

첫인사를 취소해야겠어요. 끝인사도 어렵긴 마찬가지네요. 하지만 또 수다 떨고 싶을 때, 키보드를 누르고 깜빡이는 커서를 서로가 보내는 신호라고 여기며 편지 쓸게요.

그림책 작가로 살면서 좋은 점이 하나 있어요. 이렇게 이상하고 쑥스러운 말을 불쑥 꺼내도 사람들이 대충 넘어가 준다는 점이죠. 착각인가? 아프지 말고 건강히 지내요.

뒤를 보며 앞으로 걸어가는 초능력자 친구가.

새침한 시작

✷

시작

내게 일어난 일을 정서로 저장하는 습관이 있는데, 외할머니의 마지막 모습도 내게 기묘한 정서로 남아 있어요. 욕창이 가득한 외할머니의 등을 닦아 드리고 외숙모가 주신 용돈 십만 원을 받아 들고 병원을 나섰어요. 돈 때문에 외할머니 등을 닦아 드린 셈이 되니까 거절해야 옳았는데, 숙모가 내미는 돈을 보는 순간 반사 신경처럼 쓸 데가 떠올랐어요.

나는 눈을 뜨면 음악부터 들어요. 음악이 좋기도 하지만 밤사이 가득 쌓인 고요가 두려워 그런 거 같아요. 음악이 없었다면 나는 아마 외로움에 말라비틀어졌을지도 몰라요. 1989년 겨울, 말라서 납작해진 나를 부풀리고 싶었어요. 내가 좋아하는 밴드가 성대한 콘서트를 준비하고 있었거든요.

난생처음 가 본 콘서트 장에서 모르는 사람들과 떼창으로 〈사람들은 모두 변하나 봐〉를 불렀어요. 나도 변해 갈 것을 그때는 몰랐나 봐요. 누구보다 빠르게 순수를 배신할 준비가 되어 있었다는 걸. 말라비틀어지기 일보 직전인 십 대의 영혼에 물을 주고 공연장을 나서는데 천지사방에 어둠이 내려앉은 거예요. 시간은 어제에서 오늘로, 무려 1989년에서 1990년으로 흘러 있었죠. 새해를 공연장에서 맞이했다는 사실이 믿기지 않았지만, 부모님께 독서실 간다고 속였던 치밀함이 없었다면 맞기 힘든 새해 벽두였을지도 몰라요.

나는 소풍 가는 길에 몰래 옆길로 새 성인 영화를 보러 극장에 가기도 하고, 담뱃갑에서 피 같은 아버지 담배를 슬쩍 하기도 하고, 노래방에서 친구들과 맥주를 마시기도 했지만, 12년 동안 결석이나 지각 한 번 없이 학교에 다녔고, 어른들이 눈치챌 정도의 반항은 하지 않았죠. 친구들에게 외면받을 진심은 함부로 꺼내지 않는 약삭빠른 청소년이었죠. 미움받을 용기가 없었는지 귀찮아지는 게 싫었는지, 나는 살금살금 녹여 먹는 불량 사탕처럼 불량했어요. 제도권 안에서 적당히 어른들 눈을 속이는 방법을 하루에 하나씩 발명하고 있던 그 시절의 나에게 택시 한 대 불러 주고 싶어요.

그때는 멋진 어른처럼 택시를 부르는 요령은 없었는지 공연장에서 나와 대책 없이 걸어 집으로 왔어요. 그리고 외할머니의 부고를 들었죠. 내게 유산으로 무수한 삶의 지혜를 남겨 주신 외할머니의 마지막 날과 적당히 불량했던 나의 십 대의 하루가 오묘하게 교차하는 순간을 기억 속에 저장했어요.

빵집에서 우산을 찾는 외롭고 우스꽝스러운 사람처럼 내게 일어난 슬픔을 수식할 말을 찾아요. 아마 어떤 죄책감 때문이 아닐까 싶어요. 지금도 외할머니의 굽은 등을 마지막으로 닦아 준 사람이 나였다고 말해요. 내가 처음으로 콘서트를 본 날에 관해서는 일체 함구하면서 말이죠.

때로는 엉뚱한 선택이 새로운 일의 시작이 되기도 해요.

대학 진학을 포기하고 직업 학교에 다니며 간판 만드는 사람이 되기 위해 자격증을 준비하고 있을 때였어요. 자격증을 취득하기 위해 미술 학원에 다녀야 했는데, 정보가 없던 나는 엉뚱하게 입시 미술 학원 문을 열었죠. 예상치 못한 공간에서 나의 두 번째 꿈을 만났어요.

나는 시인 다음으로 조각가가 되고 싶었어요. 조소과 담당 선생님께서 날 예뻐하셨는데, 이유는 겨울철에도 내가 쓰는 흙만 말랑말랑했기 때문이에요. 다른 친구들 흙은 매번 굳어 있어서 물을 뿌리고 한참 기다려야 했는데, 난 늘 말랑말랑한 상태를 유지했어요. 겨울철에도

흙이 굳지 않으려면 잘 관리해야 해요. 그러니 난 능력보다 태도를 칭찬받은 거죠.

터무니없는 수능 성적과 대책 없는 실기 실력에도 화실 청소와 재료를 귀하게 여기는 태도 때문에 난 늘 친구들의 본보기가 되었어요. 하지만 난 알았어요. 다른 친구들에 비해 눈에 띄게 뒤처지는 나를 위로하는 선생님만의 방식이었다는 걸. 입시가 끝나고 술자리에서 선생님께서 내게 "중간에 포기하라고 말하고 싶었는데, 추운 날 열심히 흙 주무르는 걸 보고 꾹 참았다. 네 흙은 아직도 쓸 만하더라." 하셨어요. 딱 한 번 선생님이 내게 보여 준 진심이 아니었을까, 생각해요.

엉뚱한 선택이 새로운 시작이 되긴 했지만, 다방면에서 내 능력은 그 시작을 이어 줄 만큼 단단하지 못했어요. 시작이 반이라는 말, 내게는 슬픈 말이에요. 반절이나 이미 실패했으니, 내게 밝은 앞날이 올 확률을 절반 그 아래로 떨어뜨리는 말이거든요. 물론 그런 말이 내 선택을 방해하지는 않았어요. 고집이 황소랑 절친 먹을 정도라서, 아니면 기억력이 나빠 매번 까먹는 걸까요. 나는 아직도 뭔가를 선택하고 시작하니 말이죠.

음악을 들으며 필요 이상으로 실용적인 모양의 주전자에 보리차를 끓여요.

나는 하루를 이렇게 시작해요. 안방에서 건넌방으로 출근하는 신세지만 나름 규칙적이죠? 우리 동네에 유명한 무덤이 있는데 가끔 그곳까지 걸을 때가 있어요. 일면식도 없는 사람의 무덤 앞에서 멍하니 앉아 있는 날, 기분에 붙일 이름을 찾지 못하는 그런 날이 있어요. 오늘이 그런 날이에요. 남의 무덤 앞에서 내 우울을 들여다봐요. 끝이 주는 위안이 있어요. 내가 죽음을 자주 이야기하는 이유죠. 그렇다고 내게 주어진 시간을 부정하지 않아요. 그 반대일지도 몰라요.

산책을 마치고 집에 돌아와 전자레인지에 냉동 밥을 넣는데 갑자기 눈물이 났어요. 편리한 가전 도구가 데우지 못하는 내 몫의 무엇이 있나 봐요. 내 그림책의 시작에는 설명하기 힘든 감정이 있어요. 아무에게도 간섭받기 싫으면서 동시에 유기된 상태를 버티지 못하고 발견되길 기다리는, 마치 유통 기한이 짧은 레토르트 파우치에 고여 있는 음식처럼 내 안에 그런 것이 있나 봐요.

그래서 요즘은 때때로 터지는 우울의 독을 막기 위해 최신 장비를 장만했어요. 고가의 장비는 내가 언제든지 누워서 그림을 그릴 수 있도록 고안된(그럴 리 없는데) 것처럼 보이지만 실상은 여기저기 비싼 액세서리를 장착한 전자 붓과 팔레트죠. 나는 날마다 영상을 보며 기계로 그림을 그리는 법을 배우고 있어요. 그리고 또 다른 준비도 하고 있어요. 루틴을 느슨하게 만드는 것으로 내 일상에 청량감을 주기로.

그림책 세상이 둥글다면 그 원 안에 들기 위해 가까스로 깨금발로 서 있던 나였는데, 이제 밖으로 밀려난다 해도 어쩔 수 없다는 마음으로 낙화의 타이밍과 착지의 모양을 상상해요. 왜 체조 경기 점수 중 착지 점수가 중요한지 이제 알겠어요. 시작만큼이나 중요한, 어쩌면 시작보다 더 어려울지 모르는 마지막을 위해 날마다 나는 부지런히 저물어 가고 있어요.

시치미 떼듯 생을 사랑하는 친구가.

아는 아이

✷ 어린이

가끔 쓸데없는 일에 전력을 다할 때가 있어요. 어떤 드라마 대사처럼, 내게 '무용한 일을 사랑'하는 낭만이 있어서는 아닐 텐데 말이죠.

언젠가 이른 새벽에 깨어 돋보기를 끼고 발톱을 깎는데 새끼발가락 발톱 모양이 마음에 들지 않는 거예요. 조금만 손본다는 게 발톱이 거의 사라질 정도로 집요하게 자르는 바람에 걸을 때마다 조금 욱신거렸죠. 눈치챘을지도 모르지만, 나는 집요함과 미련함이 등을 맞대고 있는 사람이에요. 얼핏 남들 눈에 내가 성실하게 보이는 이유이자 손발이 고생하는 원인이죠.

휴지통에 버리려고 자른 발톱들을 모으는데, 손톱을 자주 물어뜯던 한 아이가 생각났어요.

그 아이는 손톱을 손톱깎이로 자르지 않았어요. 피가 날 때까지 이로 물어뜯어 손가락 모양이 변할 정도였어요. 열 손가락 모두 끝이 동글납작해서 흡사 개구리 손가락처럼 보였죠. 작은 발톱 하나 바짝 잘랐다고 걸을 때마다 신경이 쓰이는데, 그 아이는 열 손가락 모두 피가 고이도록 바짝 물어뜯고 아프지 않았을까? 내 앞에서 손톱을 물어뜯을 때는 궁금하지 않았는데, 왜 이제야 궁금할까? 맞다, 나도 그 아이도 모두 아이였지. 그 아이 이름이 뭐였더라, 하며 몰두하다 보니 시간이 훌쩍 흘렀어요. 쓸데없는 집요함이 생각의 영역으로 들어가면 걷잡을 수 없이 힘들다는 걸 알면서도 말이죠.

내 기억 어딘가에 한 아이가 살고 있어요.

그 아이는 집 안에 작은 몸을 누일 곳이 없어 밤마다 냉장고 옆에서 잠을 잤어요. 눈이 오는 날이면 방 안에 널어 둔 빨래에서 큼큼한 냄새가 난다며 하얀 눈을 좋아하지 않았어요. 때때로 자기 잘못이 아닌 일 때문에 머리를 조아리고, 눈치로 배가 부른 아이답지 않은 아이였죠.

유년의 상처는 물을 주지 않아도 자라는 식물이 되어 생의 뜰 어딘가에서 자라고 있지 않을까? 나는 괜히 돋보기를 쓴 눈을 부릅뜨고 잘린 발톱 파편들을 찾아요.

우리 집에 작은 다락방이 있었어요. 고학년이 된 언니는 다락방이 자기 방이라며 온갖 짐 더미가 있는 그곳에서 심야 라디오를 들으며 잠들곤 했어요. 나는 다락방으로 숨어 버린 언니가 얄미워 별 관심도 없는 공간에 수

시로 드나들며 심술을 부렸어요. 다락방 작은 창으로 밖을 보면 키가 큰 어른들의 정수리가 보였죠. 정수리 아래로 보일락 말락, 어른들의 숨은 표정을 보는 게 재미났어요. 누군가를 흉보느라 진지하게 모여 있는 정수리들과 볕을 쬐며 졸고 있는 개의 이마와 형형색색의 속옷들이 널려 있는 장독대, 알고 싶지 않아도 알 수밖에 없었던 누구네 사정과 속내. 내 유년을 풍성하게 만들어 준 사물과 풍경은 이렇게 작고 보잘것없어서 아무리 그리워도 대체할 무엇을 찾지 못해요.

어느 날은 동네 사람들이 삼삼오오 모여 서로 헌 옷을 교환하고 있었어요. 이제 생각하니 동네 아이들은 하나의 옷장에서 나온 옷을 돌려 입고 있었는지도 몰라요. 나의 엄마는 텔레비전에서 들어 본 유명 브랜드 아동복을 차지하려고 애쓰고 계셨어요. 어찌나 열을 올리셨는지 다들 엄마에게 체념 반 동정 반 그 옷을 넘겨 주었죠.

그 옷은 내 차지가 되었는데, 하필이면 같은 반 친구가 입던 옷이었죠. 무신경에도 정도가 있다면 엄마는 그 정도를 어긴 사람이라고, 옷소매를 잡아 뜯으며 원망했던 기억이 나요. 더 웃긴 건 그 옷을 뒤집어 입고 학교에 갔던 나의 이상한 고집이죠.

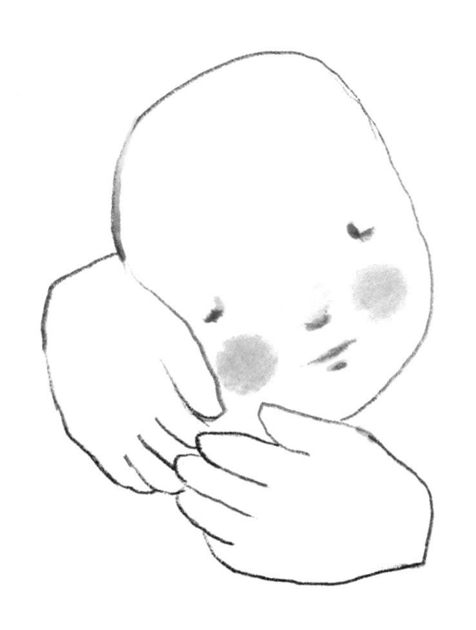

내 기분은 안중에도 없는 어른들에게 보이지 않게 분노하던 어린아이가, 이제는 어른들에게도 말 못 할 사정이 있다고 말하는 어른이 되었어요.

이건 부끄럽고도 부끄러운 고백인데, 얼마 전 아홉 살 친구와 말다툼을 했어요. 서로 자기가 옳다고 조금의 양보도 없이 목소리를 높였죠. 어린 친구들을 살뜰하게 대하는 정 작가에게 이런 말을 하려니 한없이 부끄럽네요. 그 친구와 말다툼을 하며 알았어요. 나는 권위적인 말투로 한 수 가르치겠다고 아이에게 고함을 지르는 어른이 되었다는 걸요.

사실 나는 좋은 어른이 될 줄 알았어요. 아이들의 마음을 상하게 하지 않는 섬세한 어른이 되어 친구처럼 다정하게 지내겠다고, 어릴 적에 분명 그렇게 다짐했는데 말이죠.

열 살 때였던 것으로 기억하는데 정확하지 않네요. 홍수 때문에 방에 찬 물을 바가지로 퍼내고 누런 장판을 걷었어요. 부모님이 장판을 들고 밖으로 나가시고 나랑 동생은 장판 아래 숨겨져 있던 물건들을 살피는데, 검은 책자가 하나 나왔어요. 음란물이 담긴 사진집이었어요. 동생보다 고작 두 살 많은 나는 엄청 어른스럽게 "어린 애는 이런 거 보는 거 아냐." 하며 동생을 밀쳤죠. 고작 두 살이라는 나이에 밀린 동생이 뭐라고 구시렁대는 동안 난 엄청난 속도로 민첩하게 그 책을 살펴보았죠. 나는 이렇게 어른이 된 시점보다 더는 아이가 아니게 된 순간을 기억하고 있나 봐요. 학교 가는 길에 따라붙는 동생처럼 삶의 의무가 덕지덕지 따라붙은, 그래서 고단하기가 이루 말할 수 없는 사람이 어른이라고 아무도 내게 귀띔해 주지 않았어요. 빨랫비누를 햇볕에 말리는 것 외에 잘하는 게 없는 어른이 되었지만, 그래도 내 기억 속에 사는 그 아이에게 늦은 인사를 전하고 싶어요.

널 차가운 길 위에 세워 두고 돌아선 엄마 이야기를 하던 날, 잠자코 듣기만 했던 나를, 그러다 불쑥 나중에 우리가 어른이 되어 지난 시간을 기억한다면 산수 문제를 검산하는 기분이 들지도 모른다고 했던 말을 기억하냐고. 그리고 이제 괜찮지 않은 일을 괜찮다고 말하지 않아도 괜찮다고. 네가 아파했던 시간만큼 아니 그보다 더 크고 깊게 누군가를 사랑하며 살아가길 바란다고.

이쪽에서 저쪽으로 신호를 보내던 명주실로 만든 종이컵 전화기가 생각나요. (내가 옛날 사람이라 장난감이 이렇게 올드해요.) 우리가 글을 주고받는 일이 종이컵 전화기 같아요. 사실 그 전화기는 상대의 소리를 온전히 전해 주지 못해요. 내 소리를 낮춰야 상대의 소리를 들을 수 있는 장난감이죠. 그래서 늘 정 작가의 소리가 들리길 기다리며 내 소리를 낮추고 있어요.

느껴지죠?

아이처럼 잘 웃는 친구에게 하품 잘하는 친구가.

추신.
난 불리한 상황을 모면하기 위해 거짓말을 할
때부터, 생리대 사용법을 알게 되면서부터, 아니면
세금 고지서에 내 이름이 적힌 순간부터였나?
아무튼 아홉 살 꼬마와 말다툼을 하며, 내가 진짜
엄청나게 시시한 어른이 되었다는 걸 자각했어요.

자유 자격증

✷ 자유

동네책방에서 글공부하는 사람들과 책을 읽는데 이런 구절이 나왔어요. '자동차는 삶의 넓이를 어마어마하게 확장시켜 준다.' 일순간 운전에 얽힌 기억이 생각나 침울해졌어요. 법적 성년이 되고 바로 취득했지만, 20년이 넘도록 곱게 모셔 뒀던 면허증을 꺼냈죠. 운전을 하겠다고 다짐하고 도로 주행 연수를 받았어요. 정 작가에게 처음 말하는데, 사실 연수 비용으로 소형 중고차 한 대 가격은 족히 넘을 만큼 썼고, 무려 다섯 명의 강사에게 일 년 동안 연수를 받았어요. 놀랍죠?

요즘 '나는 이런 사람'이라는 말을 할 때마다 덜 부끄러워요. 실패나 좌절을 내 방식으로 곱게 포장하거든요. 마치 글 쓰고 그림 그리는 거 외에 아무것도 못하는 사람으로 보이도록. 사실은 그저 아무리 노력해도 안 되는 게 많은 사람일 뿐인데.

일 년을 노력했지만, 결국 운전 면허증을 도로 장롱에 넣는 비극적인 결말을 맞이했죠. 그래도 나름 배운 게 있어요. 내가 좌회전보다 우회전을 더 어려워한다는 걸, 도로 위 모든 경적을 내게 보내는 경고음처럼 느낀다는 걸, 나 때문에 사고가 날지도 모른다는 공포를 시시때때로 느낀다는 걸. 아무리 노력해도 실수와 공포를 견뎌 내지 못했어요.

인사도 생략하고 수다를 이어 갔네요. 늘 내 바람대로 무탈하게 지낼 거라 믿어요.

안전하고 능숙하게 '삶의 넓이'를 어마어마하게 확장하는 사람들이 부러웠어요. 그래서 난 그런 멋진 기술 대신 다른 잔기술을 익히자고 마음먹었어요.

자주 걷기, 그리고 내가 배우고 싶었던 그림 배우기. 공방에서 판화를 배운 이유죠. 운전을 포기한 대신 왜 그림을 배울까, 그림을 그리는 사람이 무슨 그림을, 왜 배울까? 생각할지도 모르겠어요.

다양한 표현 기법을 배워 내가 그릴 수 있는 그림의 폭을 넓히고 싶었어요. 내가 상상한 세상을 자유롭게 돌아다닐 수 있을 테니까요. 글과 그림으로 내가 어디까지 갈 수 있을지 모르겠지만, 내 그림책 주인공들은 나 대신 산을 넘고 강을 건너요. 어린아이가 되어 시소를 타고, 늙은 산양이 되어 지팡이를 놓치고 가슴 아파하죠. 나는 언젠가 100호가 넘는 그림이 거뜬히 들어가고, 신발을 신고 작업하는 작업실을 꿈꿔요. 창밖으로 나무 한 그루 보이면 좋겠어요.

근사한 작업실이 좋은 그림을 그려 주는 것도 아닌데, 아마 난 연장을 탓하는 어리석은 목수일지도 모르겠어요.

배움의 길은 끝이 없어 보여요.

판화를 배우며 책방에서는 시를 배웠어요. 시인이 되고 싶어서가 아니라 내 글이 틀 안에 갇힌 느낌 때문이었죠. 시가 내 정신의 족쇄를 조금 느슨하게 만들어 주지 않을까 기대했어요. 기대는 기대로 끝났지만, 시를 배우고 책방에서 집으로 돌아오는 심야 좌석 버스에서 내내 시만 생각했어요. 하지만 시를 제대로 쓰지는 못했어요.

첫 수업 시간에 어떤 시가 쓰고 싶냐는 물음에, '싸구려 생필품을 사는 어린 연인들의 호기로운 불안' 같은 시를 쓰고 싶다고 말했는데, 시는 어디로 숨었는지 내게 꽁지도 보여 주지 않더라고요. 심야 라디오를 들으며 잠들던 청소년 시절에 시를 쓰기 위해 십이지장의 미세한 떨림까지 포착하려고 애썼는데, 이제는 시어 하나도 쉽게 생각나지 않는 중년이 되었어요.

살짝 비밀을 말하자면 아직도 남몰래 시를 써요. 몰래 쓰는 이유는 스스로 창피하기 때문인데, 날마다 쓰는

이유는 그럼에도 누군가에게 읽히고 싶기 때문이겠죠.

물론 시라고 불리기에는 흠결이 많아 컴퓨터 폴더 안에 잠들어 있지요. 동시를 습작 중이라는 정 작가의 근황을 들었을 때, 다람쥐가 도토리 모으듯 시를 모은다는 공통점을 찾고 좋아했어요. 좋아하는 사람을 만나면 공통점을 찾는 버릇이 있거든요. 정 작가가 모아 둔 귀한 도토리들을 사람들과 나눌 날을 기다릴게요.

일 년 동안 운전 연수를 받으며 내가 간 곳은 엄마네 집과 자동차 검사장 그리고 자유로 몇 번이 전부였어요. 주차장에서 차를 잘못 주차하는 바람에 남의 비싼 자동차 엉덩이를 살짝 긁고 그대로 운전대를 놓았죠. 오랜 연수도 나를 숙련시키지 못한 거죠.

짧은 시간이었지만 나는 내 차에 이름을 붙였어요. '삼식이'라고 불렀는데, 차 모델명에 숫자 3이 들어 있었기 때문이죠. 다분히 단순한 작명이었고, 내 곁을 너무 빨리 떠난 친구였지만 나름 애착이 깊었어요.

일단 운전하겠다고 마음먹은 동기부터 아름다웠죠. 부모님을 모시고 할머니가 계신 요양원에 가고 싶었고, 연로하신 부모님을 병원에 자동차로 안전하게 모셔다 드리고 싶었거든요. 내 소원을 들어주겠다며 동생이 몰던 차를 깨끗하게 수리해서 보내 준 게 '삼식이'였어요. 처음 삼식이를 만난 날, 친구가 준 묵주랑 어디서 누가

써 준 것인지 알 수 없는 부적이랑 호두나무로 만든 염주까지 잔뜩 진열하고 있는데, 보조석에서 동생의 흡입기를 발견했어요. 천식이 심한 동생이 늘 달고 사는 흡입기가 자동차 수리서와 함께 나온 거예요. 내게 보내기 위해 차를 꼼꼼하게 살피는 중에도 동생은 흡입기를 사용했던가 봐요.

운전대를 놓은 후에도 기억에 오래 남는 물건이에요.

운전 대신 다른 것들을 배우며 내 삶이 꽤 넓어졌다고 말하면 괜찮은 끝인사가 될 텐데, 나의 그림책과 정신은 아직 한 뼘도 범위를 넓히지 못했어요. 나도 알아요. 급하게 배운 것은 잔기술에 지나지 않는다는 사실을 말이죠. 어쩌면 내가 만든 견고한 틀에 영영 갇힐지 모르고, 내가 글과 그림으로 구현하고 싶은 세계는 마지막 순간까지 날 찾아오지 않을지도 모르죠. 혹시 진짜 찾아온다고 해도 난 믿지 않을 거예요. 그래야 내가 계속할 수 있으니까요. 결핍이 주는 다른 방향의 여행이 날 자유롭게 만들어 준다고 그렇게 믿어 버리고 싶어요.

그래야 험한 세상을 살아갈 나만의 방식이 생길지도 모르니까. 아니 그랬으면 좋겠어요. 나는 지금보다 더 많은 실패와 결핍을 마주할 테니.

불면에 시달리며 밤을 보낸 날에도 아침이면 다시 그림책 더미를 만드는 날 보면 '내가 여기 있구나!' 하고 느껴요.

명랑하게 마지막 인사를 하고 싶었는데, 어쩔 수 없이 청승맞은 띠동갑 친구를 이해해 주셔요. 나에게 판화를 배우게 하고 시를 쓰게 만든 운전 면허증 이야기를 하다가 여기까지 왔어요. 그러고 보니 내 운전 면허증이 장롱에서 잠들어 있는 게 아니었네요. 눈을 감으면 내가 그토록 가고 싶었던 몽골의 어느 초원으로 데려다줄지도 모르겠어요. 기특한 자격증이죠?

늘 재미없는 수다만 늘어놓는 친구가.

쌉쌀한 공범 * 커피

운세 뽑는 재떨이를 본 적 있나요?

동전을 넣고 손잡이를 돌리면 운세가 적힌 종이가 나오는 재떨이예요. 다양한 용도로 쓰이는 물건들은 대체로 정체성이 불분명한 거 같아요. 재떨이인지 점쟁이인지 알 수 없는 이 물건을 나는 다방에서 봤어요. 3개월 치 시급을 지급하지 않은 사장을 기다리며 지하 다방에서 나는 운세를 뽑았죠. 이 우스운 물건은 동전 하나를 삼키고 운수가 좋을 거라는 쪽지를 뱉어 냈지만, 결국 틀린 점괘였어요. 그날의 운수는 뿔난 짐승처럼 사나웠거든요. 밀린 시급을 받겠다고 장시간 앉아 있는 내가 불쌍했는지 다방 카운터에 앉아 있던 분이 미제 분말 크림을 넣은 커피를 주셨어요.

처음 마셔 본 다방 커피는 달고 느끼한 맛이었어요. 공짜 커피를 홀짝이며 알았어요. 내가 일한 대가를 받지 못할 거라는 사실을. 결국 3개월 치 시급을 떼였고, 난 그냥 체념하고 돌아섰죠.

인사 없이 시작한 궁상맞은 이야기는 내가 지금 카

페인 부족에 시달린다는 증거예요.

내게 곁을 주지 않는 그림책 대신 다른 직업을 선택하느라 고심할 때가 있었어요. 그때 동네 주민 센터에 바리스타 교육을 신청하고 기다리고 있었죠. 바리스타로 살면서 그림책을 좋아하는 독자로 남길 결심하고 주민 센터에서 교육이 시작될 날을 기다리고 있었는데, 날이 갈수록 마음이 불안했어요. 다른 직업을 찾고 그림책을 사랑하는 독자로 남는 게 가능할 것 같지 않았어요. 영영 다시는 그림책을 볼 것 같지 않았거든요.

그냥 그림책과 징글징글하게 싸우며 함께 있고 싶다는 생각만 들지 뭡니까.

나는 주민 센터 앞에서, 아니 미래에 엄청난 바리스타가 될지도 모를 기회 앞에서 돌아섰어요. 그때 내가 엄청나고 엄청난 바리스타가 되었다면 지금 우리가 이렇게 글을 주고받는 일도 없었을 거예요. 인생의 재미가 절반쯤 떨어져 나가는 소리가 들리는 것만 같아요.

혹시 연세대학교 병원 앞에 '독다방'을 아세요? 가끔 병원에 진료를 받으러 갈 때면 그 앞에서 서성이곤 했어요. 얼마나 맛나는 커피를 팔길래 그리 유명할까 하면서 말이죠. 난 쉽게 들어갈 수 있는 형편이 아니었거든요.

지독하게 더운 여름, 내가 가진 책 중 값이 될 것들을 모아 헌책방에 팔기 위해 그 앞을 지날 때였어요. 시원한 냉커피 한 잔 마셨으면 좋겠다고 생각하며 지하 헌책방으로 내려갔어요. 매입 가격을 알기 위해 줄을 서고 있는데 누군가 다가와 내가 갖고 온 책을 가리키며 파는 책이냐고 묻는 거예요. 그렇다고 답하니 내 뒤에 바짝 붙어서 기다리더라고요. 알고 보니 그 책이 그 사람이 찾던 책이었던 거죠. 사실 나도 워낙 좋아해서 팔기 싫어 망설이던 책이라 냉큼 사 가는 그 사람 마음이 이해됐어요. 그때 좋은 책은 저런 책이구나 생각했죠. 갖고 싶어 안달하게 만드는 책. 내게도 그런 책이었는데, 나는 팔기 싫은 책을 팔아 병원비에 보태야 했어요.

헌책방을 나와 병원에 들어서는데, 시원한 커피 한 잔이 너무 그리웠어요. 스스로를 지킬 최소한의 힘조차 없는 주제에 왜 나는 그림을 그리며 살까, 생각했었죠. 늘 500원이 비싸 사 먹지 못했던 아이스커피. 이제는 이가 시려 500원을 아끼게 되었어요.

이렇게 커피는 나에게 때때로 위안을 주기도 하고, 시간의 감시자 혹은 내 작업을 가능하게 만들어 주는 각성제 역할을 하기도 해요. 나는 지독한 커피 중독자라 하루에 마시는 커피 양을 정확하게 몰라요. 불면의 밤을 두려워하면서도 커피를 끊지 못하는 나는, 나를 학대한 죄로 잠을 저당 잡혔는지도 모르겠다고 변명해요.

커피 이야기를 하는 중에 내 앞에 커피 한 잔이 생겼어요.

부족한 카페인을 보충하고 나니, 느닷없이 사춘기 시절에 내가 한 말이 생각나요. 무슨 이유였는지 기억나지 않는데, 아버지에게 심하게 대들며 내가 언제 낳아 달라고 했냐고 울부짖은 적이 있어요. 다른 심한 말도 했던 거 같은데, 이 말만 기억나요. 이제는 가끔 살아서 다행이라고 생각할 때가 있거든요. 이렇게 나는 인생을 자문자답하는 사람이 되었어요.

기억에 남는 것은 내가 한 유치한 말과 그렇게 싸우고도 아버지가 드실 커피를 타서 식탁 위에 올려놓았던 이해하기 힘든 내 행동이죠. 아버지는 식후에 꼭 커피를 드셨거든요. 설탕과 프림을 넣은 달달한 커피였는데, 아버지 취향을 저격할 만한 황금 비율은 나만 알고 있어요. 사실 자식 셋 중 아버지가 가장 편하게 생각하는 자식이 나거든요. 아버지 속을 가장 까맣게 태운 자식도 나예요. 아버지를 원망하던 순간에도 잊지 않았던 커피였는데, 작업실을 얻고 독립한 이후 오래 잊고 지냈어요. 한동안 울 아버지 커피는 누가 타 드릴까 걱정하던 기특한 면이 내게도 있었는데 말이죠.

좋네요. 뭐가 좋냐고요?

이런 수다스럽고 맥락 없는 내 글을 받아 줄 친구가 있어서요. 얼마 전 함께 글공부를 한 동무들에게 나는 비 맞은 스님처럼 중얼거리고, 어색한 순간에 말이 많아지는 사람 같은 그런 글을 쓰며 살고 싶다고 말했어요. 주저하고 망설이면서도 계속 쓰는 사람이요. 덕분에 이상한 꿈이 이뤄진 것 같아요.

사람들에게 보이는 글이 쌓여 갈수록 내 안에 창피도 단골 마트 포인트처럼 적립되고 있어요. 그래도 멈출 수가 없어요. 첫 산문집을 내고 날마다 조금씩 쓰는 근육이 발달해요. 이건 잘 쓴다는 말이 결코 아니란 걸 정 작가는 알 거예요. 날마다 조금씩 늘려 가는 생활의 근육이 없다면 우리의 이야기는 허약한 외피만 남는다는 사실을 말이죠.

불안하고 지루한 일상을 이어 갈 운명을 피할 수 없기에 커피에라도 날 의지할 수밖에 없어요. 이 쌉쌀한 공범에게 나는 오늘도 따뜻한 물을 붓고 있어요. 내가 전동 그라인더로 커피콩을 분쇄하지 않는 이유는 모든 과정이 향이 된다고 믿는 아둔한 성격 탓이죠.

'같이 걸을래?' 만큼 좋아하는 말이 '커피 줄까?'예요. 뭐 마시면서 걷자고 말하면 한 대 때려 주고 싶을 거예요. 한 번에 두 가지 행동을 하지 못하는 사람이라 운전도 못하거든요. 좌우를 살피면서 정면까지 응시해야 한다니. 어려운 일은 하지 말자고 다짐하면서 다른 어려움을 찾아내는 이상한 사람이죠.

커피를 너무 많이 마셔서 그런가…, 마지막 인사는 보고 싶다는 말로 대신 할래요. 이상한 김에 계속 이상하기로 작정했으니.

친구의 건강을 걱정하는 결코 건강하지 않은 친구가.

추신.
진짜 아프지 마요. 아프면 아프게 때려 줄 거예요.

비가 오네요. 밤새 내리는 빗소리가 듣고 싶어 창을 조금 열어 두었어요.

잘 지내고 있을 거라고 믿어요. 요즘 SNS에서 친구들의 안부를 접할 때마다 편리하긴 한데, 만남을 위한 노력이 줄어든 것 같아 아쉽기도 해요. 굳이 혹은 부러 사람과 눈을 맞추기 위해 만드는 핑계와 딴청이 그리워요.

편리함이 그리움을 이긴 건 아닐까, 걱정한답니다.

지금 나는 여행 중이에요. 제주행 비행기에 몸을 싣고 숙소에 도착해 안내 데스크에서 안내를 받았어요. 그런데, 내가 묵을 방으로 가는 승강기 안에서 깜짝 놀라고 말았어요. 입고 있던 셔츠 단추가 무려 네 개나 풀어져 있는 거예요. 여기까지 상상에 맡길게요. 비행기 탑승 직전까지 마감을 하느라 정신없었으니까, 있을 수 있는 일이라고 스스로를 달랬죠. 하지만 여기서 끝나면 부르다만 노래처럼 어쩐지 허전하잖아요.

다음 날 데스크에서 직원에게 몇 가지를 묻고 돌아서는데 뭔가 허전해서 보니 이번엔 셔츠 정중앙에 단추

두 개가…. 친구에게 전화로 하소연하니 다정한 친구가 날 달래며 "괜찮아, 두 번에 한 번은 섹시하게 보였을지도 몰라." 하는 거예요. 피식 웃음이 나오면서 동시에 묘한 안도감이 일었어요. 낯선 곳, 낯선 사람 그리고 어디가나 튀어나오는 자잘한 실수들. 서울에서 여행지까지 따라다니는 불안과 긴장 때문이었는지 친구의 말도 안 되는 위로에 안도했어요.

모든 형용사를 과학적으로 설명할 방법을 찾고 싶을 때가 있었죠.

아마 작가를 업으로 삼으면서 그런 욕심을 품었던 모양이에요. 내 책에서 위안을 찾으려는 독자들 때문이에요. 이건 '덕분'이 아니라 '때문'이에요.

바다를 보고 있는데, 한 독자로부터 메일이 왔어요. 글자를 읽는데 글자의 모서리가 심장에 닿아 아픈 느낌. 날마다 수많은 단어와 머리를 맞대고 사는데, 유독 익숙해지기 힘든 단어가 있어요. 바로 '죽음'.

메일에는 사랑하는 아들을 잃고 내가 만든 그림책으로 위로받고 있다는 내용이 적혀 있었어요. 슬픔의 파도를 견디고 있을 그분을 생각하니 두 손을 맞잡고 울고 싶은 마음이 간절했어요. 작가에게 독자는 천문학자에게 별 같은 존재라고 하던데. 나는 알고 싶어요. 아파하는 별을 만나면 무슨 말을 어떻게 해야 하는지, 위로가 될 무엇이 있기나 한 것인지.

지금까지 슬퍼하는 사람들을 바라보며 슬퍼하는 나를 위로했는지 몰라요. 그래서 적지 않은 책을 세상에 내놓고도 사람을 위로하는 방법을 몰라요. 아파하는 사람에게 '나도 제법 불행했던 사람'이라 말하는 사람, 위로하는 척하면서 동정하는 사람, 내 눈꺼풀에 내려앉은 불행 때문에 차라리 눈을 감아 버리는 사람. 나는 그런 사람이었는지도 몰라요.

그래서 지금은 가만있으면 중간이라도 가겠거니 하며 말을 아끼는 나태한 사람인데, 이런 나에게 독자들이 가끔 난해한 부탁을 할 때가 있어요.

"새끼손가락 하나로 글을 쓰는 딸을 위해 한마디만 해 주셔요."

강연 때 독자에게 이런 부탁을 받고 적잖게 당황했어요. 선천적 장애로 목과 오른손 새끼손가락을 빼고 자유롭게 움직일 수 없는 아이가 컴퓨터로 소설을 쓰고 싶어 한다고 말하는 독자에게, 머뭇거리다가 간신히 꺼낸 말이 '하고 싶은 이야기에 집중하길 바란다.'는 거였어요.

1000 조각 퍼즐의 마지막 조각처럼 타자의 마음에 딱 들어맞는 말이 번뜩 떠올랐으면 좋았을 텐데. 그런 기적은 언제나 내 몫이 아니더라고요.

독자들 때문에 곤란할 땐, 엉뚱하게 편집자에게 메시지를 남겼어요. 앞으로 내가 허투루 글을 쓸지도 모르니 눈 밝은 당신이 날 지켜 달라고.

독자들에게 위로받는 작가라는 사실을 인정하고 싶지 않아요. 제대로 한 게 없는데 받기만 하는 사람이 되는 게 싫어요. 위로를 '되로 주고 말로 받는 작가'라니 너무 무능하잖아요. 대신 오늘도 날 부지런 떨게 만드는 나쁜(?) 독자들을 위해 하나 준비한 게 있어요. 이 이야기가 도움이 될지 모르겠어요.

야간 전문학교를 다닐 때, 같은 과 동기 중에 집안 형편이 어려운 친구가 있었어요. 아르바이트를 하고 장학금을 타면서 학교 다니던 친구인데, 어느 날 내 삐삐(삐삐라니)에 음성 메시지를 남긴 거예요. 확인해 보니 같은 과 동기가 아르바이트하는 사진관에서 렌즈를 깨 변상할 돈이 필요하다고 해서 등록금 일부를 빌려줬다는 거예요. 그 해 장학금을 놓친 친구가 열심히 아르바이트를 하며 간신히 모은 돈이었어요. 그런데 갚기로 약속한 날엔 소식이 없고, 이후 연락도 잘 닿지 않는다는 거예요. 왜 그 친구가 이런 사정을 나한테 털어놓았는지 궁금하죠? 당시 나는 명색이 과 대표를 맡고 있었고, 낮에는 회사에 다니는 동기들이 많아 연락망이 중요했거든요. 두툼하고 쓸모없는 시티폰을 가장 먼저 구입했던 이유죠. 음성 메시지를 듣고 돈을 빌려간 친구에게 황급히 전화를 걸었어요. 휴대폰이 지금처럼 흔하지 않던 시절이라 집으로 전화를 걸었는데, 마침 그 친구의 어머니가 받으신 거죠. 나는 다짜고짜 친구 어머니께 아무래도 ○○이가 다단계에 빠진 것 같다고 말했어요. 그 당시 다단계 사기가 기승을 부리고 있었고, 내가 아는 한 그 친구는 사진관에서 아르바이트를 한 적이 없었거든요. 그리고 그런 방법으로 돈을 빌리는 것도 다단계 사기꾼들이 자주 쓰는 수법이었어요. 친구 어머니도 뭔가 이상했는지 내 말을 진지하게 듣고 계셨죠. 그 뒤 어떻게 되었냐고요?

고학생인 친구는 빌려준 돈을 모두 돌려받았고 다단계에 빠진 친구도 무사히 돌아왔죠. 내 순발력으로 여럿 살렸다고 생각하고 있을 쯤 다른 친구에게 충격적인 이야기를 들은 거예요. 다단계에 빠졌던 친구의 엄마가 내 전화를 받고 쓰러지신 거예요. 난 이후 일이 어떻게 해결되었는지 모르고 있었거든요. 다행히 친구 어머니는 무사히 회복하셨지만, 그 친구는 졸업할 때까지 나와 눈도 마주치지 않았어요. 그때 내가 두 친구의 말을 모두 듣고 차근히 문제를 해결했다면 어땠을까요? 왜 그렇게 성급하게 확신하고 행동했는지 지금은 말할 수 있어요.

정의감이나 우정 때문이 아니라, 당시 그 친구가 놓친 장학금을 탄 사람이 바로 나였기 때문이에요. 형편이 어려운 친구에게 양보할 수도 있었는데, 장학금을 수령했던 미안함 때문이었죠.

이 이야기를 독자들에게도 들려주고 싶어요. 언젠가 기회가 된다면 말이죠. 내가 만든 이야기로 상처받는 사람은 없을까, 거짓과 위선을 위로와 위안으로 포장하고 있지는 않을까? 매번 날 돌아보겠다고, 그런 마음으로 만드는 이야기가 위로가 된다면 허락된 시간 동안 계속해 보겠다고 말이죠. 비가 창틀에 고여 찰랑이네요. 낯선 곳에서 편지를 쓰니 뭔가 진짜 여행자가 된 거 같아요.

맞다, 우린 모두 여행자였지. 처음 왔던 곳으로 돌아가야만 하는 여행자.

잊지 못할 여행을 하길 바라며, 어딘가 있을 무언가를 아직 찾고 있는 친구가.

추신.
요즘 주름살이 늘어서 걱정이라고 했더니 친구가
"괜찮아, 넌 예쁜 안경이 있으니까." 그러는 거예요.
이거 위로 맞죠?

여름의 바이올린

✷ 여름

내가 앞으로 만 통의 편지를 쓴다 해도 근사한 인사말을 찾는 건 영영 불가능할 것 같아요. 과감하게 까꿍이나 가내 두루 평안하시냐고 묻는 것도 생각해 봤지만, 때로는 흔하디흔한 게 편하게 느껴지기도 하니까.

무더운 여름날, 외국 영화에나 나올 법한 야외 결혼식을 보고 온 친구가 그랬어요. 살면서 한 번도 마주친 적 없을 것 같은 화려한 하객들 사이에 혼자 어정쩡하게 서 있으려니 평범한 예식장 결혼식이 몹시 그리웠다고. 당장 집으로 가 샤워하고 선풍기 틀고 남편이랑 피자에 맥주를 마시고 싶은 마음이 간절했다나 뭐라나. 새로운 시도에는 모험이 따르고 그 모험 안에는 민망함도 있는 거라고 친구를 나무라긴 했지만, 나도 막상 그 자리에 있었다면 별반 다르지 않았을 거예요.

그렇다고 해도 땡볕에 하객을 세워 둔 사람들도 문제였다는 생각이 드는 순간, 기억 속 결혼식 장면 하나가 스쳤어요. 어느 해 여름, 멍멍이도 걸리지 않는다는 여름 감기에 걸리고 말았죠. 면역 억제제를 복용하기 때문에 감기에 걸리면 반드시 입원하라는 주치의의 경고를 무시하고 종합 감기약을 먹으며 버티던 나는 결국 친구 손에 끌려 병원에 갔어요. 온몸에서 찰박찰박 소리가 들릴 정도로 땀범벅이 된 채 병원으로 향하며 친구에게 유언을 남겼어요.

"내 그림책 더미를 반려한 출판사에 복수해 줘."

농담하는 날 보며 친구는 안심하는 눈치였어요. 사실 난 속으로 무서웠어요. 온몸 구석구석 들어찬 통증이 괴로워 내 몸을 벗고 싶었달까. 그날은 고등학교 동창이 결혼하는 날이라 병원에 잠깐 누워 있다가 뒤늦게 결혼식장에 도착했어요. 축의금 낼 돈이 없어 먼발치서 친구 얼굴만 보고 돌아왔어요.

일정한 수입이 없어서 경조사가 생기면 바짝 긴장하거나 참석을 포기하는 경우가 허다했어요. 없는 사람에게 겨울은 무서운 계절이라고 어른들이 말씀하시곤 했는데, 여름이라고 수월한 계절은 아닌 것 같아요.

그 친구와는 잊지 못할 추억이 많아요. 그 추억을 정 작가에게 들려주고 싶어요. 왜냐면 데면데면하자고 말하긴 했지만 너무 데면데면하면 어쩌나 싶어서요. 무척 우스운 말인데, 누가 내 험담을 하면 속으로 살짝 열 받을 만큼만 정 작가가 날 좋아했으면 좋겠거든요.

태양이 정수리에서 스카이콩콩을 타는 무더운 여름날, 열일곱 살 나는 음악실에 앉아 있었어요.

아침 자율 학습 시간이었는데, 나는 열다섯 명 남짓한 아이들과 함께 시조를 부르고 있었죠. 무형 문화재 전수자에게 시조를 배우면 아침 자율 학습을 하지 않아도 된다는 음악 선생님 말씀에 시조가 뭔지도 모른 채 참석했거든요. 반주 없이 일정한 가락을 붙여 부르는 노래를 시조라고 하는데, 가끔 개그 프로나 드라마에서 노인들이 '청산은~ 어찌하여~'라고 부르는 노래라고 생각하면 이해하기 쉬울 거예요. 아침 자율 학습이 싫어서 얼렁뚱땅 참석했는데, 과하게 실력이 뛰어난 바람에 전수자 선생님에게 "나랑 함께 전수에 힘써 보지 않겠는가?"라는 제안을 받았어요.

이렇게 나는 뭔지도 모르는데 무턱대고 잘하는 몇 가지가 있었어요. 누군가의 등을 오래 바라보기, 백 미터를 쾌속으로 질주하기, 김치 하나만으로 식사하기 등.

시조를 부르면 기분이 좋았어요. 함께 배우는 친구들이 지루함을 견디지 못하고 자율 학습으로 방향을 트는데, 나만 마지막까지 완주했어요.

내가 시조를 부르고 있을 때면, 창밖으로 아무도 없는 운동장을 걷고 있는 한 친구가 보였어요. 바이올린을

나, 아이 마이

등에 메고, 세상만사가 지루해서 일 분도 못 견디겠다는 표정을 한 친구. 그 친구는 바이올린을 전공했는데, 어릴 때부터 교습과 학업을 병행하느라 스트레스가 심했어요. 전교에서 가장 잘사는 집 막내딸이자, 이미 대학 합격을 보장받은 운 좋은 친구였죠. 예체능반이라 그 친구도 아침 자율 학습을 면제받았어요.

우리는 꼬박 3년을 절친으로 지냈어요. 노력하지 않아도 사람들의 관심과 사랑 속에서 미래를 보장받은 친구, 그에 비해 어둡고 고독했던(?) 나는 부조화 속에서 묘한 조화를 이루는 사이였죠.

친구의 바이올린 연주를 처음 듣던 날, 음악의 생명력은 현장에서만 느낄 수 있다는 걸 알았어요. 무엇에도 비견할 길이 없는 아름다움에 눈물이 흘렀어요.

"입시용 연주 말고 마음 편하게 연주한 건 오늘이 처음이야."

친구의 말을 듣고 기분이 좋았어요. 하지만 사람의 마음은 종잡을 수 없나 봐요. 내 마음에 질투가 움트기 시작했어요. 높이로 치면 63층에 사는 친구일 텐데, 지하에 있는 내가 질투란 걸 했던 거예요. 장맛비가 억수로 내리던 어느 날, 바이올린 레슨을 받으러 가기 싫다는 친구에게 나는 화를 냈어요. 네 어리광을 받아 주려고 친구 하는 거 아니라고, 네가 누리는 모든 것에 감사하라고, 그런 말을 하며 매몰차게 돌아섰죠. 참으로 다행스럽게 친구는 나를 이해해 줬어요. 당시 나는 형편없는 성적 때문에 대학 입시를 포기한 상태였죠. 나름 스트레스가 있었는데 친구에게 화풀이를 했나 봐요. 친구는 그런 날 이해하고 아무렇지 않게 날 대해 줬어요.

좋아하는 가수의 테이프가 앞면에서 뒷면으로 돌아가는 그 짧은 순간에도 함께 발을 구르며 좋아하던 우리는 어른이 되어 각자 다른 길을 걸었죠. 그 친구가 카라꽃을 들고 식장 안으로 들어서는데, 개구쟁이 신부처럼 보여서 이상하게 마음이 놓였어요. 그런 표정을 짓게 만든 짝꿍이 있으니, 이제 하기 싫은 연주를 하지 않아도 되겠다 싶었죠.

우리의 여름도 어딘가에서 옅은 숨을 쉬며 부스스 낮잠에서 깨어나 내게 올 것만 같은데. 해마다 여름이 남기는 그리움이 쌓여 한 권의 그림책이 되면 좋겠다고, 요즘은 그런 욕심을 부려 봐요.

시조를 배우던 그해 여름, 여린 초록 잎사귀가 나뭇가지 끝에 달려 나무의 생명력을 알려 주던 초여름부터 울다 지친 매미가 마지막 힘을 짜내 한 번 더 울던 늦여름까지. 기억을 향해 손을 뻗으면 그리운 시절이 내게 와 줄 것만 같아요. 땀 흘리는 게 싫어 홀대했던 계절이었는데.

올해 여름은 어떤 색으로 내게 올까요?

가슴 뛰는 일 없이, 가슴 졸이는 일만 생길까 봐 걱정하는 중년이 되고 보니 계절마다 과하게 의미를 부여해요. 봄은 봄이라, 여름은 여름이라, 가을은 또 가을이니까, 겨울도 역시. 사계절이 각자의 빛과 색으로 나에게 오겠죠.

여름이 오면 슬리퍼 질질 끌고 편의점 플라스틱 의자에 앉아 맥주 한 캔 마시면서 내 휴대폰 플레이 리스트에 있는 유행가를 들을 거예요. 이 시시한 결심을 하는 이유는 소소한 일상이 자꾸 도둑맞는 기분이 들어서랍니다. 나는 한 번뿐인 마흔일곱의 여름을 흔하디흔한 일상으로 가득 채우고 싶어요.

모쪼록 지치지 않는 여름 보내시길.

살 빼겠다고 결심하며 냉장고에서 캔맥주를 찾는 친구가.

추신.

이게 마지막 맥주가 되길.

문방구 밴드

✷ 음악

오늘은 안부를 목소리로 확인하고 싶은 날이네요. 잘 지내고 있죠? 오늘도 노동요를 들으며 작업하고 있으려나?

노동요 이야기가 나와서 말인데, 음악을 좋아하다 보니 직접 곡을 연주하고 싶은 욕심이 생기더라고요. 친구들과 함께 밴드를 만들어 보고 싶은 꿈이 있었어요.

문방구에서 살 수 있는 악기가 있어요.

그 악기들만 모아서 뜻 맞는 친구들과 밴드를 만든 적이 있었죠. 이름하여 '문방구 밴드'. 마흔 넘는 친구들에게 어울리는 앙큼한 이름이죠? 실제로 우린 함께 모여 합주도 하고 작곡 연습도 했어요. 음색의 중심을 담당하는 멜로디언과 리코더, 앙증맞은 존재감을 뽐내던 캐스터네츠와 트라이앵글까지 전부 갖추고 들뜬 마음으로 멋진 연주가 가능할 거라고 기대했던 문방구 밴드. 상상만으로도 연주 소리가 들리는 것 같지 않나요?

'아, 이 사람의 엉뚱함의 끝은 어디일까?' 하며 궁금해 하고 있다면 걱정하지 말아요. 아마 우리가 이 편지를 쓰는 동안, 과자만 모아 놓은 종합선물세트처럼 준비되어 있을 테니까요. 물론 그 작은 꿈은 밴드가 맥없이 해체된 후 자취를 감췄지만, 오늘 아침 노동요를 듣다가 우리 문방구 밴드가 생각났어요. 남들에게는 수많은 허튼짓 중 하나로 보일지 모르지만, 한때 팀의 리더였던 나는 해체 원인을 다시 생각해 보았어요.

예전에 친구와 함께 쓰던 작업실 지하에 밴드 연습실이 있었는데, 방음 시설이 없어서 건물에 사는 사람들이 소음 때문에 죽을 맛이었죠. 그나마 싼 월세 때문에 다들 그냥저냥 참고 살고 있었어요. 날마다 연습하는데 한 곡도 제대로 완주하지 못하던 그 밴드의 엉망진창 연주를 들으며 '저 정도면 해체가 답이다', '실력도 별론데 쓸데없이 부지런한 밴드'라고 친구에게 자주 흉을 봤죠. 계약 기간이 끝나고 다른 곳으로 이사 가던 날, 이삿짐 트럭에 짐을 싣고 있는데 뭔가 이상했어요. 밴드가 처음으로 연주를 완주한 거예요. 연주 실력은 여전히 어설펐지만, 처음부터 끝까지 연주를 들어 본 게 그날이 처음이라 뭉클했어요. 몇 년 뒤, 텔레비전 음악 프로그램에 나온 그들을 보고 꽤 놀랐죠.

오늘 그들의 음악을 노동요로 들으며 우리 문방구

밴드에 없던 중요한 무엇이 있다는 걸 알았어요. 바로, 지겨운 연습을 견디는 지구력이죠. 아무리 취미라도 악기 하나를 다루기 위해서는 숙련이 필요한 법인데, 우리는 그 과정을 건너뛰고 싶었던 거죠.

지구력 말고 우리 문방구 밴드에 없는 게 하나 더 있었어요.

일단은 우연히 본 파란 풍선이 알려 준 오묘한 가르침이라고 해 둘게요.

어느 날 길을 걷는데, 허공에서 부유하는 파란 풍선이 보였어요. 신장개업한 점포에서 만든 광고용 풍선이었죠. 마침 나와 동시에 풍선을 본 아이가 있었어요. 다섯 살 정도로 보이는 아이가 허공을 향해 "엄마, 풍선이야, 풍선." 하는 거예요. 하지만 간절한 아이에 비해 엄마는 풍선에 관심을 둘 여유가 없어 보였죠. 대기하고 있던 택시를 타려던 순간이었거든요. 파란 풍선에 마음을 빼앗긴 아이와 잡아 둔 택시 앞에서 긴박했던 엄마. 엄마는 아이를 잡아끌고 아이는 울고불고, 두 사람은 실랑이를 벌였어요. 두 사람을 조율해 주는 사람이 있었다면 불필요한 실랑이 없이 택시를 탔을지도 모른다는 생각이 들었죠.

나에게 그런 역할을 하는 사람들이 있어요. 독자와

나 사이에 설득과 이해를 가능하게 만들어 주는 조율사, 바로 편집자들이죠.

사실 나는 멤버들 사이에 의견 충돌이 생길 때마다 아무것도 조율하지 못한 무능한 리더였어요. 눈에 띄는 자리에서 메인 보컬을 할 생각만 했으니까요. 연습곡도 내 목소리가 돋보이는 곡만 골랐고, 밴드의 정체성도 내가 결정했어요. 문방구에서 파는 악기로만 밴드를 구성하자는 처음 생각을 끝까지 고집했고, 예외를 두자는 멤버들의 의견을 무시했죠.

연습곡 하나 정하면서도 음악적 견해차를 보인 문방구 밴드는 결국 결성 한 달 뒤 해체(?)라는 파국을 맞이했죠. 허튼짓의 미학은 깨달음이란 강박을 갖지 않아도 된다는 점인데, 매사 뭔가 느낌표를 찍고 싶은 걸 보면 짧은 밴드 활동이(풉) 내게 허튼짓만은 아니었던 모양이에요.

가끔 꿈꿔요. 오색찬란한 하와이안 셔츠를 곱게 차려입고 복고풍의 록발라드를 연주하는 나를 말이죠. 웃길 거라고 예상하죠? 맞아요. 최대한 웃긴 모습으로 기타를 연주하며 세상 진지한 얼굴로 노래를 부르고 싶어요. 음악이 내게 준 안도와 평화에 감사하면서.

내가 나비처럼 춤을 추든 스위스 목동처럼 알프호른을 연주하든 그 마음은 하나일 거예요.

그림책을 만들고 산문을 쓰는 마음도 다르지 않아요. 기다리는 사람들에게 오늘도 내 이야기를 들려주고 싶은 마음.

예전에는 합주나 합창만이 공동 작업이라고 생각했는데, 지금은 아니에요. 어쩌면 세상 모든 예술은 불특정 다수가 만든 공동 작품이 아닐까 생각해요. 정 작가가 없었다면 보낼 수 없는 지금 이 편지처럼.

《우리가 함께 장마를 볼 수도 있겠습니다》라는 제목의 시집이 있어요. 그냥 시집 제목이라고 생각했는데, 서로의 무사를 바라는 기원의 의미가 있지 않을까 짐작해요. 담백한 시집 제목처럼 나도 정 작가에게 전할 멋진 안부 인사를 생각해 내고 싶어요. 그게 생각해야 가능한지 발명이나 발견을 해야 하는지 알 수는 없지만 그래도 노력하고 싶어요. 내가 정 작가에게 보내는 모든 편지가 한 줄의 안부 인사를 위한 노력이라고 해도 좋을 만큼.

어느 강연 때 "그림책은 나의 언어예요."라고 말했는데, 참석하신 분들에게 박수를 받았어요. 박수를 받은 이유는 모르겠지만 기분은 좋았어요. 그림책으로 독자들에게 안부를 전하고 싶었나 봐요.

오랜만에 정 작가의 차분한 목소리를 듣고 싶으니까, 우리 곧 만납시다. 이 여름이 가기 전에 우리가 좋아하는 노래가 나오는 곳에서 시원한 레모네이드 한잔 어때요?

보기보다 낭만적인 친구가.

꿈 없는 잠

✷ 고양이

가끔 본가에 들러 부모님과 식사를 할 때마다 엄마가 들려주는 재미난 이야기에 빠져 시간 가는 줄 몰라요.

엄마가 들려준 이야기가 밥풀이 코로 나올 만큼 웃겨서 친구에게 들려주려고 아껴 뒀어요. 아마 누구나 길을 걷다가 한 번쯤은 만났을 "도를 아시나요?"라고 물으며 접근하는 사람들이 있잖아요. 조상이 노하셨다는 둥 제사를 모셔야 한다는 둥, 단순하게 말하면 미신을 동원해 사람들의 허약한 마음을 공략하는 사기꾼들이죠.

태양이 마지막 남은 더위를 짜내던 어느 날, 길을 걷던 엄마 앞에 젊다 못해 어려 보이는 남녀 한 쌍이 나타나 도를 아느냐며 접근하더랍니다. 눈치가 백단보다 하나 더 높은 엄마가 속을 리 없죠. 무시하고 가던 길 가려는데, 땀을 뻘뻘 흘리고 서 있는 두 사람이 안쓰러워 속아 주는 척하고 가까운 지하 다방으로 데려갔대요. 엄마는 냉커피 두 잔을 사 주면서 인생에 관한 짧은 충고를 하셨다네요.

"사는 게 아무리 힘들어도 아직 젊은 사람들이 이런 일 하면 못써. 이왕 이렇게 된 거 두 사람이 결혼해서 힘 모아 함께 열심히 살아."

같은 직장에서 일하는(?) 동료인 두 사람이 당황했을 걸 생각하니 우습긴 한데, 나는 엄마에게 잘하셨다고 했어요. 더운 날 냉커피를 사 준 것도, 엉뚱한 충고도.

사실 엄마가 그들에게 그런 충고를 한 이유는 따로 있어요.

바로 혼자 사는 당신 막내딸 때문이죠. 엄마는 내가 혼자 지내는 걸 무척 안타까워하셔요. 그렇다고 청춘 남녀에게 결혼을 설파하는 게 당연하지는 않겠죠. 언제부턴가 엄마의 마음이 조금 이해가 가요. 결혼이 인간의 외로움을 덜어 주는 제도는 아니지만, 적어도 늦은 밤 현관문을 열기 전 집 안의 어둠을 걱정할 확률은 혼자 사는 것보다는 나을지 모르니까. 얼마 전 현관문 센서가 고장 났을 때 집 안의 어둠이 날 덮칠 것처럼 무서웠거든요. 예전에는 몽글몽글한 털뭉치 친구들이 발 근처로 다가와 날 안심시켜 주었는데, 그들이 모두 무지개다리를 건너고 난 뒤부터는 오랜 시간 외출하고 돌아오면 다리 근처가 허전했어요. 그날 이후 언제 센서가 고장 날지 몰라 거실 형광등을 켜 두고 외출해요.

털뭉치 친구들이 모두 떠난 뒤, 냉장고와 벽 사이 좁은 틈에서 나온 작은 사료 알갱이 하나 때문에 함께 지낸 시간이 몰아치는 걸 경험한 적도 있죠. 엄마는 내가 독립한 뒤 쭉 혼자 지냈다고 생각하시지만, 사실 나에겐 사랑스럽고 다정한 가족이 있었어요.

며칠 비가 내렸어요. 비가 오면 비가 온다고, 눈이 오면 눈이 온다고 누군가에게 말하고 싶어요. 문지방에 발가락을 찧었을 때 아프다고 말하고 싶을 때도 있어요. 방금 내리는 비를 구경하다가 문지방에 발가락을 찧었거든요. 나도 모르게 허공에 대고 뭐라고 중얼거리다가 흠칫했어요.

"비가 오니 김치전이 먹고 싶은데, 마침 발을 찧었네." 이렇게 앞뒤가 맞지 않는 말을 늘어놓거나 공들여 그린 그림이 마음에 들었을 때 살랑살랑 엉덩이를 흔들다가, 문득 혼자라는 사실을 실감해요.

가끔 시간과 시간 사이에 무엇이 있을까 상상해요.

내가 좋아하는 피아니스트 글렌 굴드Glenn Gould는 어릴 적 피아노를 연습할 때마다 곁에 반려견이 늘 함께 있었어요. 모피를 파는 상인이었던 엄마와 낚시광인 아빠 사이에서 종종 괴로움을 토로했다고 해요. 모피도 낚시도 동물을 몹시 사랑했던 그가 견디기 힘든 현실이었나 봐

요. 그가 반려견과 피아노를 연주하는 모습을 사진으로 본 적이 있는데, 내게도 존재했던 일상의 어느 장면과 비슷했어요.

털뭉치 친구들과 함께 보낼 땐, 너무 흔해 빠진 일상이라 시간이 지나 생각날 거라고 예상하지 못했어요. 그래서 시간과 시간 사이에는 또 다른 시간이 존재한다고 생각해요. 오래 두고 추억하고 가끔 견디기 힘들게 그리운 시간. 미리 알았더라면 나는 무엇을 더 할 수 있었을까요?

오래전 본 어느 영화에 세상을 떠난 사람들이 천국으로 가기 전 지나는 중간역에서 7일간 머물며 인생에서 가장 소중한 기억 하나를 고르는 장면이 있어요. 20년 전에 본 영화인데, 그 중간역이라는 공간이 특이해 오래 기억에 머무르네요. 사람의 추억을 짧은 영화로 재연해 주는 중간역 직원들이 사람들 사연 못지않게 인상적이었어요. 영원히 머물고 싶은 순간이 있냐는 질문을 할 때는 그냥 '신파적인 영화구나.' 단정했는데, 망자의 추억을 복원하기 위해 고군분투하는 직원들의 모습을 보면서 착한 사람을 창의적으로 묘사하는 것도 예술의 묘미일 수도 있겠다 싶었죠.

그들이 나에게 머물고 싶은 한순간을 묻는다면 나는

선뜻 말하지 못할 것 같아요. 내 인생을 탈탈 털어서 행복한 순간을 모아 랜덤하게 하나 고르라고 하겠어요. 단 하나의 단서를 달고 말이죠. 모든 장면에 나의 털뭉치 친구들이 나왔으면 좋겠다고. 느긋하게 걷고, 어딘가에서 갸르릉 소리를 내면서 잠을 자고, 또 주름진 내 손등을 혓바닥으로 핥아 주고.

불빛이 있으면 잠을 못 이루는데, 몇 년째 수면등을 켜고 잠자리에 들어요. 간밤에는 수면등이 수면을 방해하는 거 같아 끄고 잤는데, 아예 잠을 이루지 못했네요.

얼마 전 악몽을 꿨는데, 좀 이상했어요. 누군가 간절하게 내 이름을 부르는데 내 목소리가 나오지 않는다거나, 좋아하는 사람들과 둘러앉아 식사하는데 그들 눈에 내가 보이지 않는 거예요. 잠에서 깨어나 꿈 없는 잠을 자고 싶다고 생각했어요. 아무 꿈도 꾸지 않고 편하게 몇 시간 자고 나면 개운할 것 같아요.

오늘은 나의 가족이 되어 준 생명체들을 생각하면서 잠자리에 들어야겠어요. 그들이 꿈 없는 잠을 이룰 수 있도록 도와줄지 몰라요. 왜냐면 후회하고 자책하는 어리석은 인간 친구에게 한없이 너그러웠던 털뭉치 친구들이었으니.

어스름한 일상의 틈새를 사랑하는 친구가.

코인 세탁소가 있는 골목

✷

집

집에서 십오 분 정도 걸어가면 도서관이 있어요.

권투 선수 이야기를 그림책으로 만든 뒤, 고민이 많아 도서관을 찾았어요. 6개월 동안 도서관에서 단편 문학들을 찾아 읽었어요. 딱히 이유를 찾자면 다른 사람의 이야기가 듣고 싶었거든요. 늘 비슷한 이야기를 만들면 어쩌나 하는 고민에서 헤어 나오고 싶었어요. 색다른 이야기는 쉽게 나를 찾아오지 않았어요. 그냥 깊고 웅장한 문학의 세계에서 첨벙첨벙 헤엄을 쳤을 뿐이죠. 그래도 효과가 전혀 없는 건 아니었어요. 그곳에서 레이먼드 카버의 《대성당》과 미야모토 테루의 《환상의 빛》을 만났으니.

도서관에서 책을 읽다 보면 오전이 오후에게 바통을 넘겨 주었죠. 도서관을 나오면 빵집에 들러 호밀빵을 사요. 빵집을 나와 숲길을 지나면 작은 절이 나와요. 스님의 독경 외우는 소리와 향냄새가 적당한 명도와 채도로 이뤄진 소담한 그림처럼 평화로운 곳이죠. 법당에 앉아 잠시 멍한 상태로 불상의 입매를 바라봐요. 오늘을 살아

내는 바쁜 중생들에게는 좀처럼 오지 않는 평화와 고요가 그 안에 전부 고여 있는 것처럼 보였어요.

지금 사는 집으로 이사를 온 지 햇수로 여섯 해를 넘고 있어요. 자주 가는 반찬 가게와 생필품을 사는 작은 슈퍼와 세탁물을 맡기는 세탁소, 종종 인사를 나누는 마을버스 기사님까지, 점점 이 동네에 익숙해져 가요.

그렇다고 이곳으로 오기 전 살았던 번화가를 잊은 건 아니에요. 그곳은 그곳대로 내게 의미가 있거든요. 지금 사는 동네는 나를 닮아 좀 투박한 곳이라면 전에 살던 동네는 전혀 달랐어요. 집을 나서면 반짝반짝 화려한 상점 간판과 수많은 관광객 때문에 언제나 분주했어요. 사는 동안 마치 초대받지 않은 사람이 되어 잔칫집에 끼어 앉아 있는 느낌이 들었어요. 교통도 좋고 볼거리도 많았는데, 누추한 내가 있기엔 어울리지 않았죠. 첫 산문집을 내고 얼마 후 옛 동네를 지나는데, 마침 마지막으로 살던 원룸 건물이 보였어요. 친구에게 차를 잠시 세워 달라고 하고, 차창 밖으로 머리를 내밀고 내가 살던 3층 방 창문을 바라봤어요. 10개월 살았던 5.5평 그 집에서 나는 도시인의 면모를 갖춰 갔었죠. 처음 편의점이 생겼을 때 불빛이 하도 밝아 쉽게 들어가지 못했어요. 나는 이상하게도 세련되고(어디까지나 주관적인 기준으로) 화려한 신물이나 사람 앞에 서면 주눅이 들어요.

번화가에 있던 원룸 건물 일 층에는 코인 세탁소가 있었어요.

건물 입주민 대부분이 낮에는 직장을 다니고 있었죠. 어떻게 알았냐고요? 평일 아침이면 비슷한 시각에 계단을 내려가는 사람들의 구두 소리가 들리고, 주말이면 현관 앞에 배달 음식 그릇들이 놓여 있었거든요. 무엇보다 일요일 아침이면 코인 세탁소에 사람들이 북적였어요. 비슷한 음식을 먹고 같은 세탁기에 옷을 세탁하지만, 가족은 아닌 사람들이죠.

나에겐 일인용 침대가 있었어요. 접이식 간이침대라 자고 일어나도 피로 회복은커녕 피로가 복리로 붙는 신기한 침대였어요. 방이 워낙 좁아 침대를 옆집 벽 쪽으로 놓았는데, 사는 내내 옆집 소음 때문에 혼자가 아닌 기분이 들었죠. 생활 소음을 공유하지만 대화는 단절된 사람들이 모여 살고 있는 곳이었어요.

잠들기 위해 눈을 감으면 창밖으로 '주정차 금지 구역입니다'라고 쓰인 교통 표지판이 오색 네온 불빛으로 빛나고 있었어요. 눈을 아무리 세게 감아도 그 불빛은 그대로였어요. 그날은 전광판이 고장 나 '금지'에만 불이 들어오지 않는 날이었어요. 이웃과 내 방 사이에 놓인 얇은 벽 사이로 기도 소리가 들렸어요. 며칠 전부터 두 남녀가 심하게 싸우는 소리가 자주 들리더니 언제부터

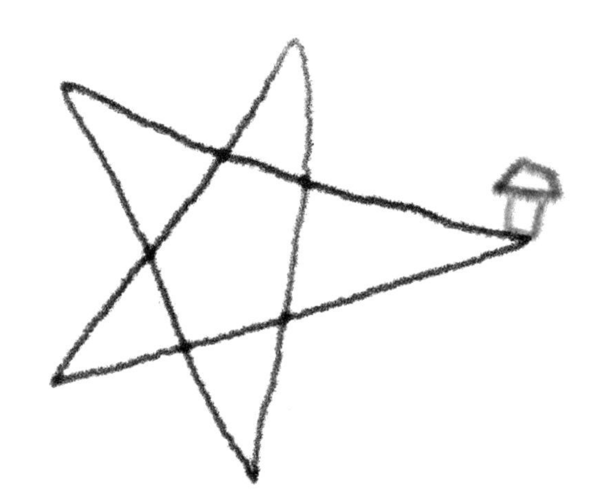

남자의 모습이 보이지 않았어요. 듣고 싶지 않아도 들리는 소리는, 헤어진 연인이 돌아오길 바라는 기도 소리였어요. 나는 잠을 포기하고 창에 비친 불빛을 보았어요. '주정차　　구역입니다'.

그날은 서글픈 생활 소음을 벗 삼아 잠들었던 기억이 나요. 10개월 동안 옆집 사람과 눈도 맞추지 않았던 그곳을 떠나, 지금은 동네 언니들과 반찬과 영양제를 나눠 먹고 글공부도 하면서 지내고 있어요. '열린 공동체'라는 거창한 단어를 빌려 오고 싶은 마음은 없어요. 난 그냥 사람이 필요한 사람일 뿐이니까. 5.5평 원룸을 떠나던 날 눅진한 바람을 타고 진하게 풍겨 오던 코인 세탁소의 세제 냄새가 때때로 날 붙들 때가 있어요. 냄새는 기억을 입체적으로 복원해 주는 힘이 있어요.

설거지를 하다가 함께 글공부하는 분이 보내 준 글이 생각나서 잠시 멈췄어요. '열악한 고시원에서 지내던 내게 모델 하우스를 구경하는 취미가 있었다.' 모델 하우스를 걷다 보면 화려하고 안락한 집이 자신의 집 같았고, 언젠가 뼈대만 남기고 사라질 운명의 공허함이 자신의 삶과 닮았다는 글을 읽고, 나도 감상 몇 마디를 적어 답장해야 하는데 쉽지 않아 설거지를 멈췄나 봐요. 대신 내 고향 영등포에서 지냈던 이야기를 꺼내야겠어요. 개

발과 발전이라는 이름으로 많은 것들이 자취를 감추거나 사라진 나의 고향. 소멸을 통해 존재를 증명하는 그곳이 나의 고향이라고. 고향이 있어 좋네요. 아니, 이야기가 있어 좋은 거겠죠.

가까운 거리에 도서관이 있어서 좋아요. 사람들의 문장을 만날 수 있어서, 내가 아직 쓰는 사람으로 살 수 있어서.

곧 새벽이 올 거예요. 나는 새벽을 좋아해요. 불분명한 빛이 서서히 몸을 틀어 세상을 비추는 새벽이 좋아요. 내가 좋아하는 걸 하나씩 알려 주는 이유는 우리 사이가 혹시 소원해지면 날 떠올릴 단서 한두 개쯤 만들어 두고 싶어서예요. 만날 때 헤어질 것을 염려하는 어리석은 사람이라고 고백한 적이 있는데, 기억하고 있겠죠?

멀리서 친구가.

추신.
난 도토리묵 무침이랑 파전을 같이 먹는 걸
좋아해요.

퐁네프 다리를 지나며

✷ 영화

오늘 땅 위로 떨어진 모든 꽃잎이 비명을 질렀다면
인간은 한순간 귀가 먹먹했을 거야.

작업 노트에서 모호한 메모를 발견했어요. 내가 쓴 문장인데 뜻을 헤아리지 못해 뚫어져라 노트를 보고 또 보았죠. 요즘은 쓰고 지우기를 수십 번 반복하다가 겨우 한 문장 건지고 있어요. 아무리 노를 저어도 물길을 가를 수 없는 어설픈 사공처럼 말이죠. 아침에 메일함을 열어 보다가 내가 좋아하는 극장에서 보낸 광고 메일을 읽었어요. 신작 영화 홍보 메일인데, 내가 남긴 메모보다 흥미롭더라고요. 불특정 다수를 향한 메일인데, 왜 유독 내게만 긴밀하게 소식을 전해 주는 기분이 드는 걸까요? 그건 아마 극장이 내게 주는 향수 덕분일 거예요.

두툼한 극장 문을 밀 때 느껴지는 긴장을 아나요?
나는 그 느낌을 사랑해요. 아끼는 정서가 있어 살아가는 재미가 있는 것 같아요. 얼마 전, 그림책 한 권을 마감하면서 문득 '나는 그림책을 만들면서 행복한가?' 자문했어요. 아직 그 질문에 시원한 답을 찾지 못했어요. 이번 마감은 유독 힘에 부쳤어요. 광활한 우주를 혼자 부유하는 느낌이 들었거든요. 그런데 막막하고 외로운 느낌이 싫지만은 않았어요.

극장 문을 열 때 느끼는 긴장감처럼 나는 세상에 그림책을 내놓고 긴장하고 있어요. 누군가 들려주는 즐거운 이야기를 기대하는 긴장감과 내가 만든 이야기를 세상에 내놓는 긴장감은 결코 같지 않겠지만 말이죠.

어릴 적 내가 살던 동네에 있던 동시 상영관에서는 내가 보고 싶은 영화를 단 한 편도 상영하지 않았어요. 유행 지난 할리우드 영화를 한 편 값에 두 편을 볼 수 있는 낡고 허름한 극장이었죠. 페인트로 직접 그린, 조잡해서 웃음을 주던 간판이 지금도 기억에 남아 있어요. 그곳에서 본 마지막 배우의 얼굴이 아마 브루스 윌리스였을 거예요. 그가 심각하게 정면을 응시하는 모습이었는데, 브루스 윌리스 사돈의 팔촌도 닮지 않은 얼굴을 보며 친구랑 낄낄거리던 기억이 나요. 당시에 영화 정보를 보기 위해 잡지를 샀어요. 지하 서점에서 영화 잡지를 사고 집에 돌아와 방에 누워 한 글자씩 꼼꼼하게 읽고 그것만으로 성에 차지 않아 주말 아침마다 영화 정보 프로그램을 찾아봤어요.

영화 관람을 위한 나의 노력은 어떤 부분에선 지나치게 순정했어요. 버스를 타기 위해 회수권을 사야 하는데, 그 돈을 아껴 한 달에 한 번 종로에 있는 아트시네마에서 영화를 봤죠. 그 극장에서는 주로 청소년 관람 불가 영화를 상영했죠. 하지만 걱정 말아요. 나의 노력에 감탄했는지 매표소 앞에서 난 언제나 무사 통과였죠. 방법이요? 중학생 때부터 묘하게 조숙한 얼굴 덕분에 보고 싶은 청소년 관람 불가 영화를 모조리 볼 수 있었거든요.

한번은 사촌 오빠랑 극장 앞에서 마주쳤는데, 오빠가 나더러 "너 대단하다."라고 하는 거예요. 또래보다 나이 들어 보이는 내 얼굴을 말하는 것인지, 배짱을 칭찬한 것인지 지금도 잘 모르겠어요. 그때 사촌 오빠랑 봤던 영화가 〈퐁네프의 연인들〉이었어요. 시력을 잃어 가는 화가와 퐁네프 다리를 배회하는 걸인의 사랑을 그린 영화였죠. 주인공 여자가 촛불에 의지해 렘브란트 그림을 보는 장면에서 울었던 기억이 나요. 그런데 뭔가 이상해 옆을 보니 사촌 오빠가 코를 골면서 잠을 자고 있지 뭡니까. 극장 앞에서 아는 척하지 말걸.

작업 노트를 뒤적이다가 또 다른 메모를 발견했어요.

이 메모도 뜻이 모호한데, 이걸 요즘 작업하느라 지친 정 작가에게 주고 싶어요.

나는 요즘 시간을 쪼개 소설을 써. 시간을 쪼갠다는
말, 멋진 것 같아. 사실 사람은 시간에 아무런
흠집도 낼 수 없잖아. 나눌 수도 없고 비켜설 수도
없고. 시간을 쪼개어 쓴다는 말, 시간을 물리적으로
부술 수 있다는 뜻이 아니라 심적으로 양분할 수
있다는 말처럼 들려서 좋아. 어쩐지 내가 소설을
쓴다는 사실이 그다지 좋게 들리지 않지? 나도 그래.
새롭게 시작할 무엇이 있어 좋은가 싶다가도 금세
빚쟁이에게 쫓기는 사람처럼 우울감이 몰려와.
맞다, 잊을 뻔했네. 나 오늘도 비싼 커피숍에서
고작 두 줄 쓰고 집으로 돌아왔어. 내가 왜 집에서
글을 못 쓰는 줄 알아? 작업을 시작하는 순간, 모든
세간살이가 나를 향해 손짓해. 해도 그만 안 해도
그만인 일일랑 집어치우고 자기들하고 놀자고
말이야. 나의 집중력은 오늘도 고작 까치발 신세야.
비싼 커피값은 무능한 작가의 기회비용이란 걸 이제
알겠지? 그래도 나, 아직 이 짓을 계속하고 싶어.
내게 새처럼 부리가 있다면 주어진 시간을 잘게
쪼개어 이 일을 계속하고 싶어. 자잘하게 부서진
조각들을 모아서 주고 싶어. 나처럼 울고 웃는
누군가에게 말이야.

작업 노트를 쓰는 이유는 내 안에 단어를 모으고 문장을 이어 이야기를 만들기 위해서예요. 책이 세상에 나오고 시간이 한참 지난 뒤 다시 작업 노트를 꺼내 읽어요. 얼마 전 내가 정 작가에게 '자학과 강박으로 사는 게 작가'라는 메시지를 보냈죠. 그러고 후회했어요. 나 역시 작가가 무엇을 하는 사람인지 잘 알지 못하는데….

어릴 적 본 영화가 내가 만든 그림책에 영향을 주었다면, 내 책은 독자들에게 어떤 영향을 줄까요? 나는 좋은 영화를 적지 않게 본 것 같은데, 어째서 내가 만든 책은 부족해 보일까요? 마감 스트레스를 풀기 위해 오늘은 영화 한 편 봐야겠어요.

우리 쉬엄쉬엄 걸어요. 그래야 이 길을 오래 걸을 수 있을 것 같아요.

여전히 영화를 좋아하는 친구가.

예비 비행을 마치고

✴ 다름

"당신도 옷 안에 있는 상표를 견디지 못하나 봐요?"

상대방 티셔츠의 목덜미 부분에 작은 구멍 두 개가 보였어요. 상표를 떼다가 옷에 구멍을 낸 거죠.

요즘 무지개 사진을 많이 보게 되네요. 바깥출입을 거의 하지 않아 무지개를 실제로 보지 못하고 SNS에 올라온 사진만 보게 되네요. 무지개를 보았냐는 말로 인사를 대신해야지 마음먹었는데, 나도 모르게 티셔츠에 난 구멍 두 개에 대해 먼저 말하게 되네요. 글을 쓰면 사유에 체계가 생긴다는데 나는 멀었나 봐요. 정 작가가 앞에 있었다면 상표를 떼다가 옷에 구멍을 낸 경험과 무지개를 봤는지를 동시에 답해야 할 거예요. 왜냐하면 옷에 구멍을 내지 않고 상표를 떼는 법을 알려 주고 싶고, 무엇보다 나처럼 무지개 한 번 못 볼 만큼 바쁘게 지내지 않았으면 하는 마음이 들어서요. 내가 오늘따라 두서없이 이 글을 쓰는 이유가 따로 있어요. 어려운 이야기를 꺼내려니 괜히 뜸을 들이게 되네요.

지루한 장마가 끝난 뒤 옥상 위로 무지개가 뜬 날을 기억해요.

나는 크게 네 가지 난치성 면역 질환을 동시에 앓고 있는 환자예요. 내 몸이지만 내가 모르는 통증을 안고 살아가는 몸이죠. 나는 아픈 이야기를 자주 해요. 감출 이유도 없지만 굳이 꺼내 자랑할 이유도 없는데 가끔 나 같은 사람이 있을까 봐, 옷깃에 난 구멍을 알아보듯 그런 마음이려나.

첫 그림책을 내기 전이었어요. 병세가 악화되어 걸을 수 없는 상태에 이르자 병에서 벗어나고 싶은 마음과 내 병을 고치지 못하는 현대 의학에 대한 불신이 깊어만 갔죠. 지금 생각하면 우스운 일인데, 그때 나는 절실함을 넘어 절박함에 가까운 소망을 품고 있었죠. 현대 의학이 아니라면 대체 의학이라도, 아니 민간요법에라도 기대고 싶었어요.

언젠가 누군가의 잘못을 질책하며 '너무 어리석은 사람'이라고 일갈하다가 흠칫했어요. 한 번도 어리석은 판단을 한 적이 없는 사람처럼 매몰차게 상대를 비판하는 내 태도에 나도 놀랐거든요.

벼랑 끝에서 뭐라도 붙들고 싶은 게 사람이란 걸 잊고 살았어요. 나만 세상 다시없는 현명한 사람이라고 착각하면서 말이죠. 나는 병원 치료를 중단하고 다른 치료

방법을 찾기 시작했어요.

내가 사는 동네에 경비행기 연습장이 있어요. 그곳에서 저공비행을 하는 작은 비행기를 보면서 이번 생을 사는 '나'는 예비 비행을 나온 비행기였으면 좋겠다는 상상을 해요. 실제 비행을 하지 않아도 예비 비행만으로 충분한 비행기였으면…. 고통을 마주할 때면 그런 생각을 해요.

장마 끝에 무지개를 보던 날, 그날 나는 성폭행을 당했어요. 나와 같은 병을 앓고 있다가 민간요법으로 완치되었다는 사람으로부터.

나는 '잘못된 선택의 결과' 혹은 '어리석은 선택의 대가'라는 말로 당시 내게 닥친 불행의 이유를 정의했어요. 지금은 당시 내 선택보다 불행을 인지한 나의 방식을 후회해요. 잘못된 선택으로 벌을 받는 것이라고 자책했거든요. 그리고 이렇게 글로 쓸 수 있는 이유에 대해서도 말하고 싶어졌어요. 이 땅을 살아가는 여자들이 경험한 불행의 공통분모는 아직도 가볍지 않아요. 힘겹게 용기 낸 사람들의 앞선 고백이 내게 힘을 주었어요.

그림책 한 권을 만들고 싶었고 한 인간의 몫을 살아내고 싶었을 뿐인데, 나는 왜 북풍한설 속에서 벗어나지 못할까 궁금한 적이 있어요. 24시간 365일 내 몸을 떠나

지 않는 통증과 그로 인해 원하지 않는 방향으로 흘러간 나의 시간이 안타깝지만 이제는 보듬고 싶어요.

계속 그 안에 머무르기보다는 내가 경험한 고통을 말하고 쓰고 그리면서 누군가에게 말을 걸고 싶어요. 나와 비슷한 경험을 한 사람 곁에 가만히 앉아 있고 싶어요.

남은 시간 동안 내가 얼마나 더 쓰고 그릴 수 있을지 모르겠지만, 고통으로부터 잠시 나를 떼어 놓을 수 있다는 착각으로 사는 시간이길 바라요. 지난 20년 동안 그랬던 것처럼 말이죠.

옷 안에 상표를 떼어 낼 때, 가장 주의해야 하는 점이 무엇인지 아나요? 첫 매듭을 찾는 일이에요. 첫 매듭은 단단해서 잘못하면 옷에 구멍이 생기니까요. 세탁 방법이 적힌 상표도 있는데 그것도 주의해서 떼어 내야 해요. 세탁 방법을 무시하고 무조건 세탁했다가 비싼 옷이 금방 상하는 경우도 있거든요.

그리고 무지개를 사진으로 남길 때, 사실 버튼을 누르는 시간보다 눈으로 오래 감상하는 쪽이 더 좋은 것 같아요.

얼마 전 편집자 친구가 부모님과 떨어져 혼자 지내고 싶다고 말하기에 "좋은 생각이야." 하며 필요한 살림살이가 있으면 말하라고 했어요. 다들 여자 혼자 살면

위험하다고 만류하는데 유일하게 응원의 말을 해 주는 사람이 나였대요.

단독 세대주가 되는 일이 치안 때문에 어렵다면, 혼자 살겠다는 사람의 바람이 문제일까요, 그걸 불가능하게 만든 무서운 세상이 문제일까요?

이 글을 쓰는 동안 이상하게 배가 고파졌어요. 무사히 이 글을 보낼 수 있을지 모르겠지만, 아니 보낸다 해도 후회할지도 모르겠지만 뭔가 내 속을 비워 낸 것 같은 기분이 허기로 느껴지나 봐요.

첫 책을 받아 든 순간을 기억하나요?

내가 만든 첫 그림책을 받아 든 순간을 생생하게 기억해요. 그날은 컨디션이 괜찮아서 출판사로 직접 책을 받으러 갔어요. 어쩌면 오늘 이 편지에서 내가 첫 책을 낸 순간을 어떻게 기억하는지 말하고 싶었는지 몰라요.

입 밖으로 나오지 않았던 울음이 내 몸 어딘가에 고여 있었던 순간을 지나, 저공 예비 비행을 마치고 폐기되길 바라는 연습용 비행기를 꿈꾸던 시간을 보냈어요. 그림을 그리고 글을 쓰지 않았다면 그 시간들을 지나 나는 지금 어디에 있을까, 상상해요.

오늘 내 이야기 들어줘서 고마워요.

나 빈말하지 못하는 성격인 거 알죠?

가끔 빈말하는 친구가.

끝에서 다시

✷

가을

메신저 이모티콘 중에 문 뒤에 숨어 있다가 살짝 고개를 내미는 귀여운 곰돌이가 있던데, 나도 그렇게 상큼한 인사가 없을까 했지만 결국 실패했네요.

대신 지난여름 수영장에서 있었던 일을 들려줄게요.

동네에 있는 장애인재활센터에 등록을 했어요. 의학적 기준으로 난 장애 진단을 받은 상태거든요.

일단 온라인으로 수영장 등록을 마치고 쇼핑몰에서 수영복과 장비를 구입했어요. 수영복은 소매가 달린 검은색이었는데, 탄성까지 더해져 흡사 해녀복처럼 보이는 씩씩한 디자인이었죠. 새벽 5시에 집을 나서 수영장에 도착해 안내 데스크에서 이런저런 등록 절차를 마치고 나니, 3층 탈의실로 가라는 안내를 받았죠. 3층으로 올라갔는데 뭔가 이상한 거예요. 탈의실 입구에 성인 남성들이 모여 있지 뭡니까. 저들은 왜 여성 탈의실 앞에 모여 있을까 생각하는데, 누가 내 팔을 잡는 거예요. 안내 데스크에서 일하는 직원이 "남자 회원님인 줄 알고."

하는 거예요. 종종 있는 일이라 별로 놀랍지 않았어요.

다시 여성 탈의실로 내려가 옷을 갈아입고 샤워를 마치고 수영장 안으로 들어섰는데 어디로 가야 할지 모르겠더라고요. 강사가 부는 호루라기 소리에 놀라 물에 풍덩 입수했어요. 이미 몸풀기 수영 중인 사람들을 방해하기 싫어 다섯 개의 레인 중 가장 마지막 레인으로 가는데, 마지막 레인으로 가는 동안 수위가 높아지는 걸 느꼈죠. 아니나 다를까, 엄마랑 동년배로 보이는 어르신께서 "거긴 상급자 레인이에요." 하시는 거예요. 그제야 강사님이 오더니 미취학 아동용 풀장으로 가라고 하셨어요. 나는 그곳에서 발차기 연습을 했죠. 수영장을 이곳저곳 탐험하는 동안 서서히 해가 뜨고 있었어요. 발차기 연습을 멈추고 물 위로 몸을 살짝 띄워 둥둥 떠다니면서 코발트블루의 새벽하늘을 바라봤어요.

'수영이고 나발이고, 이게 진짜 내가 하고 싶은 거였군.'

힘을 빼고 물 위에 몸을 띄우니까 내 몸이 정신과 분리되어 가볍게 부유하는 느낌이 들었어요. 내 몸의 신경이 내 의지의 지배를 받지 않고 가고 싶은 곳으로 흐르는 느낌.

살짝 고개를 들어 내 몸을 바라봤어요. 전형적인 미의 기준을 벗어난, 멋대로 굴곡진 내 몸 위로 물이 살짝 덮여 있었어요. 수영장 물에서 염소의 맛이 난다고 어느 책에 쓰여 있던데, 그 작가는 모르긴 몰라도 수영장 물을 1리터쯤 마셨던 경험이 있을지도 모르겠어요. 물에 젖은 몸이 설탕 묻은 꽈배기처럼 우습기도 하고 살짝 귀엽기도 했어요.

아동용 풀장에 둥둥 떠 있는 비루한 중년의 몸뚱이를 보면서 심오한 생각의 바다로 입수하기 시작했어요. 사람의 인생을 계절에 비유하는 게 식상하다는 걸 알면서, 고작 마흔 중반의 생을 살아 낸 주제란 걸 알면서도 말이죠. 지금 내 인생은 가을을 살고 있다는 생각이 들었어요. 눈치챘겠지만 한 줌도 안 되는 인생에 어떤 의미를 부여하고 싶은가 봐요.

내 작업 공간에 커다란 책상이 하나 있어요.

첫 산문집 인세로 구입한 작업용 책상이에요. 어떤 인터뷰에서 "내 책상은 내 소우주의 유일한 우물"이라고 말했어요. 그땐 혼자 향이 진한 독주를 마신 사람처럼 캬아~ 하면서 감탄했지만 활자로 다시 확인했을 땐 몹시 부끄러웠죠.

편지를 쓰면서 내 마음이 자꾸만 슬픔 속으로 자맥질하려는 순간이 있었어요. 잠을 자다가 벌떡 일어나 책상 앞에 앉아 정 작가에게 편지를 쓴 적도 있고, 커피숍

냅킨에 적은 단어를 모아 편지를 쓴 적도 있어요. 전하고 싶은 마음이 있었고, 이 글이 모여 나의 세 번째 산문집이 된다는 점도 간과하기 힘들었죠.

나는 현명한 사람이 아니라 인생의 흐름이나 변화를 머리로 예상하고 계획하지 못해요. 동물적 감각으로 바람의 방향이 바뀐 것을 느끼죠. 작가로서 하고 싶은 이야기가 늘어갈수록 고민도 깊어져요.

그림책 작가가 되고 싶어 혼자 더미를 만들면서 보낸 13년의 시간을 다시 살아 보고 싶어요. 내 인생이 가을로 간다면 아무것도 없이 오직 이야기를 짓던 그 시간을 마지막으로 한 번 더 살아 보고 싶어요.

산책로가 있는 마을에 작업실을 꾸리고 24시간을 오롯하게 이야기에 집중하면서 나는 끝을 향해 가고 싶어요. 만기 날이 돌아오는 적금 통장이 있으니 가능하지 않을까 싶어요. 물 위에 떠 있는 내 몸처럼 딱 한 번 자유롭게 이야기 속을 유영하고 싶어요. 다시 생활고를 넘는 시간이 기다릴지도 모르고 내 이야기는 낡고 구태의연할 수도 있지만, 그래도 지금이 아니면 다시 없을 시간을 살아 보고 싶어요.

바람의 방향이 바뀌고 실내 온도가 내려가고 변심한 애인처럼 돌아선 계절, 가을이 왔어요. 자주 만나지 못

해도 어딘가에서 새로운 이야기를 짓고 있을 정 작가를 생각하면 괜스레 든든해요. 내가 종종 '볼로냐의 왕자'라고 농담했지만 작가로 쉽지 않은 성취라고 생각해요. 상이란 모든 사람이 아름답게 공명했다는 증거니까. 어디 가면 내가 유명한 작가랑 친구라면서 정 작가 이야기를 많이 해요. 어쩌면 배가 아플 만도 한데, 독자의 마음으로 정 작가의 이야기를 기다려요.

수영은 음파음파 몇 번 하고 막을 내렸죠. 내가 뭐 그렇지 싶으면서도 아쉬워요. 수영 에세이를 써 볼 계획이었는데, 정 작가에게 들려줄 요만큼 정도의 에피소드밖에 없으니까.

모든 계절을 건강하게 보내길 빌어요.

늘 언제나.

튜브가 필요 없을 정도로 뚠뚠한 뱃살을 가진 친구가.

보이지 않는 근육

✷ 노동

길을 걷다가 정 작가에게 하고 싶은 말이 생각나 노트를 찾는데, 가방 속을 아무리 뒤져도 없는 거예요. 하는 수 없이 가까운 편의점에 들러 천 원짜리 노트를 샀어요. 문구류를 모으는 취미가 있는 것도 아닌데, 내 책상 서랍에는 어느새 편의점 노트가 수십 권 있어요. 모양도 제각각이고 내 취향이 전혀 반영되지 않은 노트들이라, 대체로 앞부분 몇 장을 제외하고 공백으로 남아 있어요.

노트를 산 김에 자주 가는 찻집에 들러 몇 자 적었어요. 어쩌면 의식하지 못해서 그렇지 우리가 편지를 주고받는 순간부터 나는 이런 일을 몇 번 반복했을 거예요. 준비성이 부족한 사람이라서(게다가 기억력도 별로 좋지 않은). 찻집 창밖으로 딸과 아빠로 보이는 두 사람이 걸어가고 있었어요. 초등학생처럼 보이는 딸아이의 가방을 대신 메고 가는 아빠의 뒷모습을 무심코 바라봤죠.

목적지를 모르고 계속 걸어 본 경험이 있을지 모르겠어요.

나는 있어요. 그것도 한 번이 아니라 사계절이 두 번 순환한 시간을, 18홀 골프장을 걷고 또 걸었던 경험이 있어요. 목적지는 공간이 아니라 상당히 추상적인 개념 그러니까 청춘의 정거장쯤 되려나. 나는 하고 싶은 일을 위해 적성에도 맞지 않는 골프장 경기 보조원으로 일했어요. 이십 대 중반을 넘어갈 무렵이었는데, '이곳은 잠시 머무는 정거장이다.'라고 나 자신을 속이는 일이 점점 힘에 부쳤어요.

가장 힘든 계절은 여름이었어요. 소매가 긴 옷을 입고 무거운 골프 가방을 등에 메고 골프장을 돌다가 잠시 쉴 때에서야 휴게소 화장실을 갈 수 있었어요. 쉴 수 있는 유일한 시간이지만 제대로 쉴 수 없었어요. 속옷 사이에 고인 땀을 휴지로 닦아 내느라 정신이 없었거든요. 라운딩이 시작되면 화장실에 자주 갈 수 없어 물을 마시지 않았는데, 갈증을 참는 것도 힘들었어요. 하고 싶은 일이 아니니 요령이 붙을 리 없었고, 그림을 그리고 싶은 마음은 날마다 커지고. 차라리 하고 싶은 게 없다면 속이나 편했을 텐데…. 어느 날, 휴게소 화장실에서 땀띠 위로 흐르는 땀을 닦는데 따듯한 물기가 눈가에 무겁게 내려앉더라고요. 내가 걷고 싶은 길은 온통 안갯속으로 침잠했는데, 골프장 언덕은 만화 영화 속 초원처럼 형형한 초록이었어요. 너무나 눈부신.

당시 나는 그림을 그릴 때 쓰는 근육은 소실되고, 골프 가방을 메던 어깨 근육은 필요 이상으로 비대해진 것처럼 느꼈어요. 다시 그림을 그릴 수 없을 거라고 절망했죠.

딸아이의 가방을 대신 메고 가는 아빠가 어딘가 이상해 보고 또 봤죠. 가방을 멘 어깨는 왼쪽인데 아무것도 메고 있지 않은 반대쪽 어깨를 자꾸 만지는 거예요. 마치 가방이 그쪽에 있는 것처럼 자꾸 손으로 뭔가를 끌어올리는 것처럼 보였어요.

골프장을 떠나면서 내게도 비슷한 버릇이 생겼어요. 있지도 않은 가방끈을 자꾸만 끌어올리는 버릇. 나는 한동안 그 버릇을 버리지 못했어요. 이제 사라진 버릇인데, 보이지 않는 근육으로 남아 가끔 게으른 나를 꾸짖어요.

이 말이 하고 싶어서 편의점에서 노트를 사고 비싼 커피를 홀짝인 게 아닌데, 정작 하고 싶은 말은 어디로 꼬리를 감췄는지 모르겠네요. 그냥 이렇게 아무 말이나 불쑥 꺼내고 덜 다듬어진 문장을 이어 편지를 써도 이해해 줄 거라고 믿는 마음이 더 중요하지 않을까요? 그랬으면 좋겠어요.

잠시 머문 섬마을에서 바람의 방향을 따라 휘어진

겨울나무의 잔가지들을 봤어요. 나무의 수형에 잔가지들의 형태는 미적으로 아무런 도움을 주지 못하지만, (자연의 순리를 알 리 없는) 내 눈엔 그 나뭇가지들 덕분에 견고하게 시간을 감내한 나무처럼 보였어요.

언젠가 부모님과 식사를 하는데 식탁 밑으로 젓가락이 떨어졌어요. 그걸 주우려고 식탁 아래로 몸을 기울였다가 우리 세 사람의 다리를 봤어요. 세 사람 다리 모양이 같은 방향으로 휘어져 있었어요. 아픈 부위가 비슷해서 변형된 관절의 모양도 걷는 모습도 아픈 다리를 짚는 손의 모양까지도 비슷할지 몰라요. 하지만 나는 이 사실이 슬프지만은 않았어요. 육체노동으로 생명을 길러 낸 흔적이면서 그렇게 길러진 생명이 세상을 살아가는 흔적이니까.

하고 싶은 말은 잊어버렸지만, 갑자기 다른 이야기가 생각났어요. 계속 노트를 사고 가까운 찻집을 찾고, 쓰고 싶었던 문장 대신 엉뚱한 문장을 나열하다 보면 언젠가 모든 노트가 하나의 이야기가 될 날이 올지도 몰라요. 그래도 나름 기특한 친구죠? 편지 한 통 보내기 위해 이렇게 노력하고 있으니 말이에요.

다시 만날 때까지 건강히 지내요.

건망증 덕분에 지루하지 않은 친구가.

추신.

난생처음으로 후추를 샀어요. 음식의 풍미에 대해 일절 관심 밖인 사람인데, 갑자기 '후추가 필요해.' 하면서 장시간 인터넷 쇼핑으로 그라인더가 달린 예쁜 후추통을 찾았어요. 처음 산 후추를 좋아하는 떡국에 넣고, 각종 샐러드에 뿌렸어요. 점점 여기저기 과하게(?) 넣었더니 요즘 내가 만든 모든 음식에서 후추 맛이 나요.

적당함을 모르는 사람이라 걱정이지만, 다행스럽게도 지구력이 부족해 음식을 만드는 일에 그리 오래 집중하지 못할 거예요. 팔랑귀라 남의 말에 솔깃하지만, 간이 작아 모험심이 별로 없어 사기당할 위험이 적은 편이에요. 신체 기관이 스스로 균형을 맞추는 느낌이죠. 그러니까 게으른 뇌는 다른 맛을 원했던 위장을 배신할 테니 예상보다 후추의 나날은 그리 길지 않을 거예요.

후추의 향이 음식의 풍미를 살려 줬고, 동시에 납작한 일상에 작은 공기를 불어넣어 줬으니 그걸로 만족해요.

난생처음 후추를 샀다는, 하나 마나 한 말을 위해 노력하는 나 자신이 대견하네요.

그럼 진짜 안녕.

내가 알고 있는 비둘기들 이야기를 해 주고 싶어서 컴퓨터 앞에 앉았어요. 들려주고 싶은 이야기가 적잖게 남아 있으니까, 부디 오래오래 건강해야 해요. 띠동갑 친구의 바람을 가장한 명령이에요.

2년 전 봄인가부터 우리 집 에어컨 실외기 위에 비둘기 두 마리가 날아왔어요.

자주 와서 시끄럽게 떠들기에 가만히 보니 한 녀석은 발이 잘려 발목 아랫부분이 뭉툭하더라고요. 다른 한 마리는 그 녀석에 비해 덩치가 작고 보기 드문 흰 비둘기였어요. 그러니까 흔한 다른 비둘기들에 비해 이 두 녀석이 내 눈에 들어올 수밖에 없었나 봐요.

적적한 집 창가에 들러 주는 것도 고마웠고, 둘이 사이좋은 것도 신기했죠. 어느 날은 시끄럽게 노래를 부르기에 또 왔구나, 하면서 자세히 보는데 뭔가 이상한 거예요. 비명에 가까운 날카로운 울음소리가 들리더니 갑자기 조용하더라고요. 가까이서 보니 녀석들이 교미하는 중이더군요. 인간 중심적 사고로 상황을 판단했을 때, 어쩐지 자세히 보는 것은 실례라는 생각이 들어 급하게 시선을 피했어요.

이상 기온으로 유독 더웠던 지난여름, 두 녀석은 내게 어려운 숙제를 남기고 사라졌어요. 뽀얀 비둘기 알 두 개를 우리 집 에어컨 실외기와 벽 틈에 남기고 다시는 오지 않았지요. 문제는 에어컨 실외기가 고장 나 실외기를 들어내야 하는데, 비둘기 알이 놓인 위치가 좋지 않았던 거예요. 잘못했다간 알들이 떨어질 것만 같았죠. 수리 기사님은 고장 원인도 비둘기 배설물 때문이니 그냥 미련 없이 실외기를 들어내고 깨끗하게 청소하라고 조언하셨죠. 난감했어요. 날은 덥고, 서비스를 받을 수 있는 시간이 많지 않았기 때문에 빠르게 판단해야 했죠. 다른 곳으로 옮기면 두 녀석이 돌아와 알을 찾지 못할 수도 있고, 옮긴다 한들 내가 부화를 도울 수 있는 것도 아니지 않은가. 무엇보다 세상의 빛을 한 줄기도 받아 본 적 없는 알들이 생명이 맞는 것일까, 판단이 서지 않았어요. 난 그냥 수리를 포기했어요. 메추리 알 크기의 비둘기 알을 보고 있자니 심란하면서도 내게 알을 주고 떠난 두 녀석의 안부가 궁금했어요.

언젠가 폭우 속에서 새끼 고양이를 구출한 친구와 동물 병원에 갔어요. 병원 데스크 앞에서 고양이 이름을 묻는 담당자에게 친구가 "와칸다요!" 하길래, 내가 이름 짓지 말라고 충고한 적이 있어요. 이름을 지으면 꽃이 된다고, 다시 무를 수도 없는 인연이 꽃이 되어 핀다고 극구 말렸죠. SF 영화 속 강성한 제국의 이름을 얻은 고양이는 씩씩하게 살아가고 있어요. 친구 내외의 둘도 없는 막내 고양이로 꽃길을 걷고 있죠. 나도 두 비둘기에게 이름을 지어 줬어요. 그래서 더위보다 남겨진 알이 아주 조금 더 걱정스러웠나 봐요. 하지만 두어 달이 지나도록 알은 부화하지 못했고, 결국 버려야 했어요. 난 지독했던 여름을 다 보내고 나서야 실외기를 수리했어요.

나는 비둘기 알을 지키느라 시원한 여름나기를 포기했다고 말하고 다녔어요. 도시의 새들에게 어떤 서사와 은유가 있는지 가만히 귀를 기울이고 싶었거든요. 하지만 실은 내년 더위가 더 걱정스러웠는지도 몰라요. 결국 에어컨 실외기를 수리하고 두 개의 알을 쓰레기봉투에 담아 버렸거든요. 집 안에서 함께 지낸 반려동물도 아니니 깊게 생각할 필요가 있을까 싶었는데 아니었나 봐요. 비둘기 알이 놓인 위치가 공교롭게도 녀석들이 알을 품을 수 없는 실외기와 벽 사이였어요. 두 녀석은 자신들의 알을 잊은 게 아니라 알을 품을 수 없었던 거예요. 알이 어쩌다 그 좁은 구석까지 굴러 들어갔는지, 지금도

안타까워요.

나는 어쩌다 보니 혈연으로 맺어진 가족의 품을 일찍 떠나게 되었어요.

독립한 나에게 가족은 보이지 않는 단단한 끈 같은 존재였고, 덕분에 나는 잦은 바람에도 덜 흔들릴 수 있었어요. 그리고 내 가족이 되어 준 친구들과 동료들이 있어요. 가족이 무엇인지 정확히는 모르겠지만, 무엇이 모여 가족이 되는지는 알 수 있어요. 나는 운이 좋았기에 노력에 비해 과분한 인연 속에서 살아가고 있어요. 하지만 세상에는 나와 정반대의 사람들도 있겠죠.

비둘기의 알을 버리면서 나는 지난여름이 남긴 숙제를 떠올렸어요. 그림책 속 세상에만 있고 현실에는 없는 여러 유형의 가족에 대해서 생각했지요. 우리는 가끔 '동화 같은 일이지.', '영화 속에서나 일어나는 일이야.'라고 말하는 경우가 있어요. 대부분 인간애를 강조한 예술 작품을 볼 때라고 생각해요. 외로운 코끼리, 외로운 꼬마, 외로운 아저씨, 외로운 바다…. 함께 그림책을 공부하는 사람들과 자신만의 그림책을 만들 때 소재로 가장 많이 나온 단어는 바로 '외로움'이에요. 그림책을 좋아하는 사람들이 유독 너그럽게 대하는 존재가 있다면 바로 '외로운 사람'이 아닐까요. 나도 그렇거든요. 외로움이 사람을 부르고 서로 가족이란 이름으로 살아가는 세상을 그림책에 담고 싶어요. 관계를 맺기 위한 노력도 필요하지만 가끔은 아무것도 하지 않아도 괜찮은 사이, 시답지 않은 걸 기억했을 뿐인데 울컥하게 하는 마음이 가족을 만드는 조건이 아닐까 생각해요. 내 창가에 날아와 꾸끄루끄끄 하면서 울어 주던 비둘기의 노래처럼 대수롭지 않은 일상을 함께 보내는 사람들. 그냥, 우리가 모여서 가족이 되는 거라고 나는 믿고 싶은가 봐요.

우리 추운 겨울에 만나면 군고구마 나눠 먹어요. 이 긴 글에 군고구마 하나 두고 가요.

노란 고구마처럼 스위트한 친구가.

추신.

비둘기들 이름을 맞춰 보세요.

유리 가면
*
가면

내가 사는 집은 늦은 오후가 되면 태양이 오래 머물다 떠나요. 가끔 작업하다가 멍하니 베란다에 앉아 태양을 배웅할 때가 있어요. 마중은 어려워도 저무는 해를 배웅하는 일은 종종 있어요. 내 하루가 어땠는지 돌아보기에 좋은 시간이거든요.

오늘 하루 몇 번이나 웃었나요?

나는 평소에 잘 웃는 편이지만, 오늘은 웃겨서 나온 웃음이 한 번도 없었어요. 별로 친하지 않은 사람에게 힘들게 뭔가를 거절하면서 '미소로 대신할게요.' 하는 마음으로 몇 번인가 어색하게 웃었어요. 멋쩍게 두어 번 웃기도 했고, 억지로 웃기도 했고…, 오늘은 이상한 날이었죠.

뭐 이런 날도 있는 거지 싶다가도 입가 옆 근육이 미세하게 떨리면서 마음이 불편했어요. 웃기지 않은 상황에서 웃고 있는 나에게, 오늘도 애썼다고 말하는 일이 점점 늘어 가요.

오늘은 몇 번 웃었는지 아니, 어떤 마음으로 웃었는지 묻는 것으로 안부를 대신해요. 뭔가를 만들어 내야 하는 강박으로 사는 우리 같은 사람들에게 웃을 일이 흔하지 않으니까요.

이십 대에는 신랄한 비판만이 정체의 늪에 빠진 동료 작가를 구원할 거라는 믿음 하나로 뼈 아픈 조언도 마구 했어요. 서로가 그린 그림에 대해 이야기를 나누다가 금방 토라지기도 하고 화를 내기도 했어요. 내 생각을 한 번쯤 의심했어야 했는데, 오만방자했던 나를 우정의 이름으로 용서한 친구들에게 경의를 표해요.

언어가 순화의 과정을 거치지 않고 의식의 흐름에 따라 입 밖으로 새어 나오는 걸 정직이라고 믿으며 살았어요. 지금보다 어린 시절에 내 생각과 신념이 언제나 옳다고 쉽게 믿어 버렸어요. 세상에서 가장 의심스러운 건 나 자신인데 말이죠.

친한 편집자와 가면에 대해 이야기를 나누다가 부정적인 의미 말고 다른 무엇이 있지 않을까 생각했어요.

가끔 어쩔 수 없는 상황에서 가면을 쓰는 일은 OX 퀴즈에서 세모 깃발을 드는 것과 비슷한 상황이 아닐까 생각해요. 의식과 행동 사이에서 유속을 늦추는 여울목 정도의 기능을 할 수도 있다고 말이에요. '나는 솔직하게 말하고 뒤끝도 없어.'라고 말하는 사람들의 무신경한 언어들을 모두 정직함 혹은 솔직함이라고 말할 수 있을까 생각해요.

얼마 전 점심을 먹으면서 댄서들이 팀을 이뤄 서로 대결을 펼치는 방송을 봤어요. 팀의 리더로 보이는 사람이 팀원들에게 "징징대지 말고 어른이 되자."라고 말하는데, 나도 모르게 엄지손가락을 척 하고 올릴 뻔했어요. 결과의 승패를 떠나 어떤 경우에도 아이처럼 울지 말고 끝까지 책임을 다하는 모습을 보이자고, 팀원들을 격려하고 자신의 각오를 다지는 느낌이 들었거든요.

멕시코의 국민 화가 디에고는 아픈 아내 프리다에게 작업실을 마련해 주기 위해 그리기 싫어했던 초상화를 그리고 다녔다고 해요. 내 경험상 화가라는 직업이 프로답게 해 내기 힘든 일 중 하나가 바로 사람의 얼굴을 그리는 일이에요. 친하지 않은 사람의 얼굴에서 느낌을 찾는다는 게 프로 정신만으로 되는 일이 아니거든요. 그래서인지 디에고가 돈을 위해 부잣집을 돌며 초상화를 그렸다는 이야기가 기억에 남았어요. 의뢰인을 정확하게 닮게 그렸어도 마음에 들지 않은 사람이 있었을 테고(자신의 생김을 객관적으로 판단하지 못하는 사람이겠죠.), 돈을 지불하는 입장에서 과한 요구 사항을 늘어놓는 사람도 있었을 텐데, 그 자존심 센 대작가는 어떤 표정으

오늘도
최선을 다했지 뭐야.

로 그 상황을 견뎠을지 궁금해요. 바람둥이였던 그였기에 아내를 향한 순애보였다고 말하기도 어려운데, 아마도 인생의 절반을 누워 지내면서도 붓을 놓지 않았던 예술가 프리다를 향한 인간애에 더 가깝다고 생각해요.

사람은 저마다 지키고 싶은 무언가가 있어 어떤 순간에는 살짝 맨얼굴을 가릴 때가 있죠. 책임이든 사랑이든 자기애든 중요한 것은 그런 자신을 부정하지 않는 마음이라고 생각해요.

나는 오늘도 '보이는 나'를 생각해요. 한 발 내딛으면 가식이 될 수도 있는, 어쩔 수 없는 또 다른 나.

저무는 것들의 종착지가 되어 주는 서쪽 하늘을 봐요. 오늘 하루도 수고를 다한 태양이 내 집 구석까지 길게 꼬리를 늘이고 있어요. 모든 사물이 그림자를 만들고 스스로 어떤 모양이었는지 양감을 더하며 한 폭의 정물화가 되는 시간이죠.

어른이 되자고 말하던 댄서의 얼굴과 그리기 싫은 그림을 그리기 위해 화구를 꾸리는 화가의 모습을 다시 떠올려요. 편지를 주고받는 횟수가 늘어갈수록 우리의 고백도 늘어 가는데, 오늘은 내가 어떤 순간에 가면을 쓰는지 고백하고 싶었어요. 우리가 나눈 편지 속에 나는 아무것도 덧씌우지 않은 오롯한 맨얼굴이었다고요. 과장이나 편집이 있을지 몰라도, 없는 이야기를 지어 낼 수 없는 상상력이 빈곤한 사람이라 그래요.

무지한 사람이지만 글 뒤에 숨는 일이 가능하지 않다는 것 정도는 알고 있어요. 무엇보다 나를 있는 그대로 고백하게 만드는 친구 덕분이죠.

웃으며 오늘을 건너길.

아마도 계속 고백만 하다가 끝날 것 같은 친구가.

추신.

어른 흉내만 내다가 이 생이 저물 것만 같아요.

야간 전문학교를 다닐 때, 교양 과목으로 사진을 배웠어요. 학점 비중이 낮은 수업이라 설렁설렁 하면 되겠지 싶었는데, 셔터를 누를수록 걷잡을 수 없이 사진의 세계에 빠져들지 뭡니까.

에라 모르겠다 하면서 열심히 사진을 배웠어요. 좋아하는 일과 그렇지 않은 일을 대하는 나의 태도는 하늘과 땅, 아니 멀고 먼 우주와 깊은 땅속 그 사이 어디쯤일 거예요. 진지하고 (과하게) 성실한 나의 사진 사랑에 놀란 교수님이 졸업 후 몽골로 함께 촬영을 떠나지 않겠냐고 제안하셨어요. 모 기업의 지원을 받아 만든 프로젝트 그룹인데, 내 역할은 그 팀에 합류해서 촬영을 돕는 거였어요.

꼭 한 번 가 보고 싶었던 나라, 몽골에서 사진을 찍다니 믿어지지 않았죠. 하지만 나는 조각가의 꿈을 배신할 수 없었어요. 예술의 길은 하나로 통하고, 젊음은 모든 경험을 적극 수용할 때 풍성해진다는 진리를 알기에는 그때 나는 어리석은 청년이었죠.

당시 교수님께서 하신 말씀이 문득 생각났어요. "너처럼 성실한 사람이라면 긴 여행을 견딜 수 있을 거다!" 아, 교수님은 나의 사진 실력이 아니라 우직한 태도에 점수를 주신 거였어요. 속으로 나에 대한 교수님의 평가를 시시하게 여겼는데, 지금 생각하니 사막 한가운데서 도중에 못하겠다고 징징대는 사람이 팀원이라면 몹시 곤란한 일이겠다 싶어요.

그 시절 나는 사진작가가 되지는 않더라도 언젠가 더 깊이 사진을 배워 보겠노라 생각하며 몽골행의 아쉬움을 달랬죠.

나는 해마다 두어 달 쯤은 섬마을에서 보내요.

몽골에서 내가 좋아하는 달 사진을 찍고 싶었던 바람을 섬마을 여행으로 대신하는지도 모르겠어요. 두 곳에는 어떤 공통점도 없는데 말이죠. 아마도 마감에 지친 마음을 달래고, 지나친 강박과 불안으로 길들여진 날 어르고 싶기도 해서 가는 걸 거예요. 누군가 내게 숨겨 둔 애인 만나러 가는 거냐고 묻더라고요. 여행과 숨겨 둔 애인이라니. 없는 애인을 만들고 싶을 만큼 지나치게 낭만적이잖아요!

가방 하나를 넘지 않을 정도로 작은 짐을 싸 들고 가서 값싼 숙소에서 묵어요. 나는 여행과 관광의 차이는 불편함의 유무에 있다고 생각해요. 섬마을에서 보낼 때마다 다양한 숙소에 묵었는데, 어떤 곳은 춥고 어떤 곳은 부엌이 없었어요. 또 어떤 곳엔 침대가 없어 고생하기도 했어요. 너무 대충 골랐나 후회하면서도 그 불편에 나를 맞춰요. 그때마다 여행지 숙소에 비할 길 없이 열악했던 내가 보낸 청춘의 집들을 생각해요. 함부로 불평하지 않는 나를 보면 경험만 한 스승도 없는 것 같아요.

섬마을에서 지낼 때는 대충 편의점 음식을 먹거나 반찬의 종류가 두 가지가 넘지 않는 간단한 음식을 만들어 먹어요. 사람과의 접촉도 없고 서울에서 보낼 때처럼 작업할 도구도 충분치 않아, 대부분 시간을 멍하게 하늘을 보면서 지내거나 다리가 아플 때까지 걸어요.

익숙한 공간에서 날 분리하고 불편한 상황에 날 내버려 두면 저절로 외로움이 몰려오기도 해요. 그럴 때면 그동안 모아 둔 시를 다시 읽어요. 읽다 보면 뜻이 모호한 단어들의 집합체 같기도 하고, 진부한 언어의 총합인 것 같기도 하지만, 내가 이 세상에 태어나 부지런히 모아 둔 단어들이 옹기종기 모여 이룬 한 권의 사전이라는 점에서 애틋해요.

이번 성탄절은 내게 특별할 것 같아요.

함께 보낼 친구가 생겼거든요. 비록 몸은 멀리 있지

만 마음만큼은 그 친구를 생각할 거예요. 한 번도 직접 본 적은 없지만, 보내 준 사진 속 친구는 또래보다 작은 체구와 커다란 눈망울이 귀여운 아이였죠.

'모사맛'이란 예쁜 이름을 가진 친구는 방글라데시에 살아요. 우리가 얼굴 한 번 보지 못한 채 헤어질 확률이 높지만 그래도 괜찮아요. 모사맛이 건강하게 자라길 바랄 뿐이에요. 내가 친구로 그 모습을 오래도록 지켜볼 수 있다면 좋겠어요.

오래전 성탄절 전날, 놀이터에서 혼자 그네를 타고 있던 내 친구는 밝은 빛에 시선이 이끌렸어요. 창 안쪽에서는 흔한 광고 영상처럼 케이크를 앞에 두고 옹기종기 모인 가족의 모습이 보였대요. 친구는 그 모습을 부럽게 바라보다가 그네에서 떨어져 앞니가 부러졌다며 자신의 유년의 기억을 웃으며 떠올려요. 이 친구랑 30년을 알고 지냈고, 성탄절이면 함께 조각 케이크라도 나눠 먹어요. 단 걸 싫어하는 나지만, 이날 먹는 케이크만큼은 종류와 상관없이 맛나더라고요. 착각일 텐데….

얼마 전 마감한 내 첫 소설에 그 친구가 그림을 선물해 줬어요. 30년 동안 성탄절마다 케이크를 나눠 먹은 우리 사이에 말하지 않아도 통하는 게 있는지 무척 근사한 성탄절 선물이 되었어요. 그림을 선물 받은 날 생각했어요. 모사맛에게 언젠가 내 시를 선물하고 싶다고. 모사맛이 알지 못하는 허무로 가득한 부끄러운 나만의 사전일지도 모르지만.

나의 시는 결국 시가 되지 못하고 여행도 언젠가 끝나겠지만, 이곳에 잠시 머문 흔적이 언어로 남는다면 시였으면 좋겠어요. 내 여행의 지도가 되어 줬으니 말이에요.

여행은 타인의 낯선 언어를 이해하려는 행위가 아닐까 멋대로 짐작해요. 이해를 위해 잠시 멈추거나 사색을 위해 불편을 감수하는 행위가 없다면 여행은 불가능하니까.

지구상에 행해지는 모든 연례 행사 중 화려한 불빛으로 빛나는 성탄절이야말로 여행의 의미를 깨닫는 중요한 날이 아닐까 싶어요. 총천연색으로 발화하는 세상에서 깊게 침잠하는 어둠을 보려는 노력, 마음과 마음 사이의 행간을 살피려는 노력, 내 얼굴만 비추는 거울을 버리려고 노력하는 날이 되길 스스로 바라죠. 적어도 성탄절 하루만큼은.

우리, 올해가 저물기 전에 만나서 신나게 회포를 풀어요. 올해는 어째 서로 할 말이 많은 연말연시가 될 듯해요.

부디 건강히.

늘 부족한 친구가.

버섯 모양 정글짐이 있던 어린이집에서 3세부터 6세 아이들과 2년 정도 함께 시간을 보낸 적이 있어요. 나는 보조 교사로 일을 했지만, 경험이 없어 누굴 보조할 능력이 부족했던 어린 아르바이트생이었죠. 하지만 아이들은 낮잠을 자다가 잠이 덜 깬 눈으로 일어나 꼬박꼬박 나를 '선생님'이라고 불렀어요. 어린이집 근무를 시작하고 두어 달이 지났을까, 어느 날 원장 선생님이 나를 부르더니 한참 말없이 웃기만 하시는 거예요. 무슨 일인가 했더니, 학부모들이 날 태권도 선생님으로 알고 계신다는 겁니다. 그 말을 전해 주면서 원장 선생님은 "화장 좀 하고 다니셔요."라는 말씀도 잊지 않으셨죠. 아이들이 하원 후 집에 가서는 "새로 온 선생님은 태권도 선생님이야."라고 했다는데, 나는 태권도의 기본 동작도 알려 준 적이 없었거든요. 미술 교육과 온갖 허드렛일을 담당하던 나는 느닷없이 엄청나게 멋지고 힘센 태권도 선생님이 되어 있었어요.

하지만 아이들과 학부모들을 이해할 수 있어요. 나

는 아침마다 아이 둘을 거뜬히 들어 올려 등원 버스에 태웠고, 누구보다 큰 목소리로 인사하고 호방하게 웃었으니까요. 그러니 내가 그림을 그리는 태권도 선생님이 된 것에 아무 불만이 없었어요.

아이들과 뛰고 뒹굴면서 새롭게 알게 된 사실이 있었어요. 갑자기 똥을 닦아 달라며 내게 벌거벗은 엉덩이를 불쑥 내미는 아이들을 보면서, 누군가의 손에 의지해 나도 어린 시절을 지나온 거라는 사실을 말이죠. 나는 혼자 알아서 척척 큰 줄 알았는데….

아이들과 지내는 동안 당황스러운 일도 많았어요. 세일러문 헤어 스타일을 몰라서 여자아이들의 머리카락을 묶을 때마다 진땀을 뺐어요. 또 어느 날인가, 아이들과 함께 바나나 우유를 만드는 요리 시간이었어요. 커다란 믹서기에 바나나와 우유를 넣고 갈아서 아이들에게 주었는데, 양 조절에 실패하는 바람에 너무 많이 먹은 한 아이가 토를 하기 시작했어요.

나는 그 아이를 안고 화장실로 달려갔어요. 그 아이는 내게 안겨 어깨 위로 토를 하고 다리 사이로 설사를 했어요. 너무 놀란 나는 아이를 안고 울기 시작했어요. 원장 선생님이 오시고 다른 선생님까지 오고 나서야 무사히 아이를 진정시킬 수 있었어요. 다행히 병원까지 가지 않았고, 아이의 부모님도 이해해 주셨죠.

다음 날, 아이들과 낮잠 자는 시간에 내가 그 아이에게 다가가 어제는 미안했다고 말하니 아이가 내 볼을 어루만지더니 "괜찮아요. 나 하나도 안 아파요, 태권도 선생님." 하는 거예요. 그날 낮잠에서 깨어난 아이들과 함께 꿈에 관한 그림을 그렸어요. 이다음에 커서 어떤 사람이 되고 싶은지 물었는데, 그 아이가 갸름한 초승달이 물 위에 잠겨 있는 그림을 그렸어요. 그 모습이 마치 닻을 내리고 쉬고 있는 배처럼 보였어요.

나는 가끔 내가 낯설 때가 있어요.

그럴 때마다 현실감 없는 내 성격을 탓하기도 하고, 산다는 게 살아도 살아도 구력이 붙지 않는 것이라고 위로하기도 해요. 먹고살기 위해 다양한 일을 전전하다 보니 떠도는 일에 익숙하고 안정감이 도리어 낯선 건 아닐까, 스스로 묻기도 해요.

나 자신이 낯설어질 때마다 하고 싶은 일을 생각해요. 그럼 이 세상에 정붙이며 살 수 있을 것 같거든요. 생각의 물길을 따라가다 보니 어떤 이야기에 다다르게 되었어요. 이 이야기는 내가 앞으로 만들고 싶은 이야기의 초안이 되어 줄 것 같아요. 처음 썼다고 첫 문장이 될 수 없고, 마지막 찍은 마침표가 마지막 문장부호가 아닐 수도 있지만, 이 글이 이야기의 시작이 되어 주길 바라

는 건 작가의 마음이겠죠.

오늘 당신이 전화했을 때 내가 어디냐고 물었지. 사실 당신이 오는 길에 우체국이 있잖아. 오늘 아침에 그 앞을 지나는데 죽은 고양이를 봤거든. 전신이 으깨어졌는데 앞발 하나만 형태가 남아 있더라. 나는 최대한 무심한 표정으로 그 앞을 지나갔거든. 당신이 전화했을 때 우체국 앞을 지나지 말라고 당부하고 싶었는데, 당신은 이미 우체국 앞이라고 하더라고. 나는 참 못난 사람이구나, 생각했어. 다른 사람들은 다 지나가도 내가 아는 당신만은 아니길 바라다니. 죽은 고양이를 양지 바른 곳에 묻었다면 생기지 않을 불행인데 말이야. 그래서 무의미한 결심을 하나 했어. 앞으로 당신과 만나고 헤어질 때마다 반드시 뒷모습을 지켜봐야겠다는 결심 말이야. 왜냐면 예전에 나는 사람들의 뒷모습을 제대로 보지 못했거든. 사람의 뒷모습은 앞모습이 담지 못하는 쓸쓸한 여백이 있거든. 나는 사람의 여백을 보는 게 싫어. 당신이 자주 하던 말처럼 슬픔이 차오르는 느낌이거든. 이제 그 여백을 지켜보고 싶어. 처진 어깨와 미간의 주름을 손가락으로 지그시 누르는 고단한 습관까지도, 모두

내가 지켜보겠다고 말이야. 당신이 모르길 바라는 불행이 나래비로 널려 있는 세상이야. 내가 좋아하는 노래 가사 한 줄을 여기 남길게.
'이 미친 세상에 어디에 있더라도 행복해야 해.'
당신, 오늘은 울지 마. 내가 모든 울음을 대신 울어 줄게.

이렇게 글감을 미리 보여 주는 이유는 우리가 오랜 시간 편지를 주고받은 사이니까. 앞으로 하고 싶은 일이 있으니 낯선 나도 신선하게(?) 느끼면서 이곳에서 살 수 있을 것 같아요.

얼마 전 아는 작가님이 메신저로 "그림책 세상에 있어 주세요."라는 메시지를 남기셨어요. 능력으로 되는 일이라면 노력하고 싶고, 재능으로 되는 일이라면 슬플 것 같아요. 내게 남은 이야기 주머니의 수를 세면서, 동료 작가에게 툴툴 대면서, 가끔은 닻을 내린 달처럼 쉬어 가면서 그림책 세상에 있고 싶어요.

우리 함께 이곳에서 오래오래 놀아요.

철들기 싫은 띠동갑내기 친구가.

추신.

어린이집 아이들과 헤어질 때 아이들이 얼마나 울었는 줄 알아요. “가지 마요, 태권도 선생님~.” ^^;

얼음 조각가 ✷ 눈

얼음 조각가가 있었어요.
이름도 없고 성별도 모호한 얼음 조각가는 겨울만
있는 나라에서 눈의 결정을 모아 얼음을 만들었어요.
그 얼음으로 조각품을 만들었는데, 무척이나
아름다워서 사람들이 하나둘 모여들었대요. 사람들은
조각품을 눈으로만 바라보는 데 만족할 수 없어
하나둘씩 팔을 뻗어 만지기 시작했죠.

꿈과 직업을 동일시했던 어린 시절의 나는 예술 가까이 살기를 원했나 봐요. 정 작가를 처음 만났을 때, 왜 건축 대신 그림책을 택했느냐 물었죠? 사실 그런 변화에 정확한 이유가 있을 거라고 생각하지 않아요. 나도 그랬으니까. 우리는 자연스럽게 원하는 게 달라지고, 큰 범주에서 보면 인생이란 잠 안에서 색이 조금 다른 꿈을 꾸고 있는지도 몰라요. 그게 무엇이든 유효한 시간 동안 우리를 울고 웃게 하죠. 때론 악몽이었다가 때론 다시없을 환희를 경험하게 하기도 하고요.

〈얼음 조각가〉는 내가 20년 전에 만들어 둔 그림책 더미예요. 사람들의 뜨거운 체온을 피해 더 험하고 추운 곳으로 찾아간 얼음 조각가의 이야기를 오래전 생각하고, 아직까지 그림책으로 만들지 못했어요.

우리에게 첫눈처럼 경이롭게 찾아온 이야기가 있다면 맺음을 보지 못한 이야기도 있을 거예요. 하나의 이야기가 여러 이야기로 나뉘기도 하고, 여러 번 다듬어도 끝내 이야기가 되지 못할 수도 있겠죠.

어느 날 온몸에 침을 꽂고 한의원 침대에 누워 있는데, 옆 침대에서 말소리가 들렸어요. 길에는 소복이 눈이 내리고 있었고, 겨울이면 유독 한의원 약재 냄새가 달콤쌉쌀해서 코로 훅 하고 힘껏 바람을 넣으며 누워 있었죠.

"아들놈 팬티 엉덩이 부분이 늘 닳아 해어지는데, 어쩌면 좋을지 모르겄네."

연세가 지긋한 여인의 목소리가 들리더니, 곧이어 한의사 선생님의 익숙한 음성이 들렸어요. "도깨비 빤스를 구할 수도 없고, 어쩌면 좋을까요." 나는 이 유치한 대답이 우스워 피식 웃었어요. 한의원 침대에 누워 낯선 사람들의 사연을 들어요. 몇 년을 그렇게 보냈더니, 동양 의학이 내 몸에 미치는 영향보다 사람들의 사연에 더 집중하는 것 같은 착각이 들 정도였어요. 아무리 애를 써도 낫지 않던 병 때문에 고생한 사연과 눈이 내리면 낙상을 걱정하는 노인들의 하소연까지 가지각색의 이야기가 들려요.

건조한 성격 탓인지 나는 눈을 봐도 크게 동요하지 않고 첫눈에도 어떤 의미를 부여하지 않는 편이죠.

이런 내가 잦은 폭설에 일기예보를 챙겨 보던 때가 있었어요. 그것도 나를 위해서가 아니라 길 위에서 일하는 누군가를 위해. 누군가를 좋아하면서 계절의 변화에 온 마음을 쫑긋 세워 본 경험이 있나요?

더위에 약한 사람, 술을 좋아해 미끄러운 눈길이 걱정되는 사람, 낙엽이나 벚꽃이 흐드러지면 괜스레 마음이 흔들흔들하는 사람. 그런 한 사람이 좋아서 변화하는 날씨에 자주 마음이 뒤척이던 나. 중년이 된 지금도 가끔 추억 속 내가 생각나면 갑자기 옆구리가 간지러워 볼이 빨개지도록 웃음을 참는 일도 있어요.

한의원 침대에 누워 오토바이를 타고 퀵서비스 일을 하는 아들의 해진 속옷을 걱정하는 노모의 이야기를 들으며 내 기억 속에 살고 있는 누군가를 생각해요. 추운 겨울 길 위에서 생존을 위해 고군분투하는 사람이었죠.

겨울이 가면 봄이 온다고, 사람들은 흔히 봄에 희망을, 겨울을 시련에 비유하죠. 그런데 눈은 차가운 물성을 지녔는데, 모이면 어쩐지 따뜻한 느낌을 주기도 해요. 이제 어떤 계절의 변화에도 마음을 쫑긋 세우지 않지만, 지난

시절 누군가를 살뜰하게 아끼던 내 모습이 떠오르면 마음이 따뜻해져요.

사람들의 따듯한 체온을 피해 세상에서 가장 추운 곳으로 떠났지만, 마음만은 사람들 곁에 있고 싶어 자주 뒤를 돌아보는 얼음 조각가처럼.

나는 사실 모든 계절이 다 좋아요. 기후 변화 때문에 어릴 적 느꼈던 계절 특유의 운치는 많이 사라졌지만, 여전히 이 땅의 사계절이 지닌 특유의 냄새와 색이 있어요. 앞으로 어떻게 변화할지 모르니 지금 느껴지는 모든 계절 특유의 질감을 충분히 느끼고 싶어요. 손바닥에 내려앉는 눈의 감촉과 눈밭 위에 찍힌 비둘기의 발자국 모양, 눈이 녹아 물이 되어 어딘가로 흘러간 뒤 남은 흔적, 올겨울엔 이렇게 누군가에게 편지를 쓰며 단어를 고르는 신중한 겨울밤이 있었다고 기억하고 싶어요.

나는 깊은 숲속 산사에 내리는 눈이 궁금해, 조만간 여행 가방을 꾸리지 않을까 싶어요.

어떤 겨울을 보내고 있나요?

눈밭을 구르는 강아지처럼 폴짝 뛰고 싶은 친구가.

추신.

겨울에는 역시 따뜻한 정종에 어묵탕인데, 말입니다.

빵빵한 외로움 ✷ 빵

재미난 이야기 하나 해 줄까요?

어느 날, 출판사에서 회의하고 있는데 목덜미가 갑갑한 거예요. 살짝 살펴보니 점퍼 안에 티셔츠 앞뒤를 바꿔 입었던 거예요. 사람들에게 잠시 화장실에 다녀오겠다고 양해를 구하고 자리에서 일어섰죠. 아무도 모르게 옷을 바꿔 입으려는데, 아차차.

그날따라 브이넥 옷을 입은 거예요. 만약 내가 옷을 제대로 입으면, 누군가가 내가 옷을 바꿔 입은 것을 알아차릴 것 같았죠. 그래서 옷을 그대로 입고 화장실을 나섰어요. 덕분에 종일 티셔츠에 목이 졸린 채 다녔지 뭡니까. 바빠서 그럴 수도 있다고, 다정한 정 작가는 날 위로할지도 몰라요.

나는 사람들이 생각하는 것처럼 다양한 시도를 하는 사람이 아니에요. 만화도 그리고 소설도 쓰니까 그렇게 여길 수도 있겠지만, 어쩌면 내 이야기를 전할 최적의 언어를 고르는 데 날마다 실패하는 사람일지도 몰라요.

되고 시간이 유난히 길었던 소설을 출간하고, 내 안에서 길고 아픈 한숨이 세어 나왔어요. 작업을 마친 뒤 느끼는 허탈감이야 이제 놀라울 것도 없는 식상한 감정인데, 이번에는 뭔가 달랐어요. 의식하지 못한 사이 내가 많이 달라져 있더라고요.

글이 써지지 않을 때마다 홀짝홀짝 마시던 술이 정량을 넘기 시작했어요. 아침에 마시던 술이 밤이 깊어질 때까지 이어지거나 사람들에게 들킬까 봐 빨리 마시고 깨어나길 반복하면서 계속 술에 의지해 글을 썼어요. 내 의지를 잠식할 때까지 술을 마셨어요.

어떤 날은 깨어나 아이처럼 울기도 하고, 어떤 날은 깨어나 보니 내가 쓴 소설 등장인물이 죽어 있기도 하고. 친구가 "불쌍한 친구를 죽일 필요까진 없잖아."라고 말했을 때 '나도 몰라. 내가 왜 그랬는지.' 하며 속으로 자책하기도 했어요.

재미난 이야기해 주겠다고 했는데, 어째 슬슬 이상한 기미가 보이죠? 미안해요.

늘 다니던 산책 길에 작은 과수원이 있어요. 국도와 조선 왕릉 사이 좁은 공터에 있는 과수원인데 그곳에 연세가 지긋한 농부 아저씨가 사과를 재배하고 계세요. 그런데 그곳에 화장실이 없어 아저씨는 늘 왕릉 안에 있는 화장실을 이용하세요. 어느 날 제초제를 뿌리던 농부 아저씨가 요의를 느낀 동시에 고민에 빠졌나 봐요. 왕릉 안의 화장실까지 가기엔 너무 멀고, 입고 있던 작업복과 장비를 벗기에도 번거로웠겠죠. 그렇다고 과수원 한복판에서 오줌을 누려니 보는 눈이 많았던 거예요. 앞으로는 국도를 지나는 수많은 자동차와 뒤로는 왕릉을 찾는 관광객들이 지나가니. 농부 아저씨는 후자를 선택했어요.

나는요, 다른 방법을 찾았을 것 같아요.

글을 쓰고 그림을 그리는 동안 나는 사람을 관찰하는 버릇이 생겼어요.

유심히 보다가 나와 비슷한 구석을 발견하고 놀라기도 해요. 사람에겐 딜레마나 슬픔 때문에 들키기 싫은 자신만의 구석이 하나쯤은 있겠죠. 나도 그 구석에 숨겨둔 게 있어요. 하고 싶은 일을 겨우 시작했는데 건강을 잃었을 때, 건강을 잃었지만 하고 싶은 일을 위해 다시 일어설 때, 일어섰는데 뭔가를 만들어 내야 하는 고통으로 몸은 더 깊은 수렁으로 빠졌을 때.

지난번에 내게 글이 잘 써지지 않을 때 어떻게 하느냐고 물었던 거 기억해요? 사실은 속으로 울고 싶었어요.

문장이라고 부를 수 있는 글 몇 줄 얻고자 스스로 주정뱅이가 되었다는 말을 할 수 없었어요. 술이 방법이 될 수도 없고, 괴로움이 우릴 진화하게 할 거라고 말할 수도 없으니.

글이 써지지 않는 날에는 애국가 가사라도 쓴다고 말했지만, 그건 절반만 사실이에요. 글이 써질 때까지 기다리지 않고 글이 있는 곳으로 찾아간다고 했던 말도 절반만 진실이에요. 부끄럽게도 날마다 A4 두 장 분량의 글을 쓰는데, 내 글은 언제나 제자리예요. 아니, 제자리라면 차라리 나을지도 모르겠네요.

나는 사과밭을 지키는 농부 아저씨와는 다른 선택을 했어요. 어쩔 줄 몰라 그 자리에 주저앉아 오줌을 지리고 눈물을 흘리는, 산뜻하지 못한 선택 말이죠. 언젠가 친구가 유럽 어느 나라에 '술은 마시는 빵'이란 말이 있다고 알려 줬어요. 그만큼 술이 열량이 높다는 말이었는데, 나는 엉뚱한 말로 번역했지 뭡니까. 술 대신 빵을 먹어야겠다고 말이죠, 우습죠? 이런 어이없는 농담을 던질 만큼 내가 예측 불가능한 상태랍니다.

내게 찾아온 또 다른 질병 때문에 벚꽃이 필 무렵 새로운 치료를 시작해요. 편지를 쓰기 시작할 때에는 예측하지 못했던 난관을 종종 만나게 되네요. 서로 아픈 구석을 드러내면서, 그럼에도 우리가 우리를 보듬기를 바라면서, 내가 이렇게 모자란 사람이라고 고백하면서 서로를 위로하고 싶었나 봐요.

사람은 사람 없이 못 산다는 노랫말이 있던데, 옳은 말 같아요. 서로 주고받는 편지가 없었으면 임금님 귀는 당나귀 귀라고 말할 수 있는 대나무 숲을 찾아 헤매다 길을 잃었을지도 몰라요.

새삼 고마워요.

미안하고 부끄러운 친구가.

추신.

나는 문장 부호 중 말줄임표를 싫어해요. 무책임해 보여서 싫고, 하기 어려운 말을 단순하게 생략하는 것 같아 싫었어요. 그런데 오늘 이 편지는 보이지 않지만, 수많은 말줄임표들로 이뤄져 있어요. 편지 쓰는 내내 많이 망설였다는 증거라 딱 한 번만 더 쓸게요.

고마워요, 거기 있어 줘서….

녹슨 피아노 * 그림책

나에게 피아노가 한 대 있었어요. 과거형이니까 지금은 없다는 뜻이죠. 슬프지만 사실이에요. 정 작가네 막내 고양이 누렁이의 안부를 물으면서 멋지게 편지를 시작하려고 준비했는데, 뜬금없이 피아노 이야기네요. 음악에 문외한이지만 이상하게 피아노라면 그냥 좋았어요. 언젠가 피아노가 주인공인 그림책을 내고 싶을 만큼.

어릴 적에 동네 피아노 교습소를 다녔어요. 같은 연주를 반복하는 피아노 교습은 하나도 즐겁지 않았어요. 그런데 선생님과 친하게 지내는 바람에(?) 그만 다니고 싶다는 말을 차마 하지 못하고, 10년 가까이 피아노 교습소를 다녔어요.

가난했던 집안 형편이 조금씩 좋아지면서 아버지는 소파를, 엄마는 피아노를 집에 두고 싶어 하셨어요. 딸내미가 피아노 교습소 문턱을 닳도록 드나들었으니 분명 상당한 연주 실력을 자랑할 거라고 믿으셨죠. 부모님은 드라마에 나오는 행복한 가정의 상징이 갖고 싶으셨던 거예요. 하지만 나는 피아노를 제대로 배우지 않았어요. 비 오면 부침개를 부쳐 먹고, 눈 오면 호빵을 먹으면서 선생님 연애 상담도(이게 가능했다니) 해 드렸어요. 그러니 피아노 연습을 제대로 했을 리 없고, 난 부모님께 진실을 말할 수 없었죠.

나의 피아노는 숲의 정령이 머물다 갈 것 같은 신비한 나무 색을 지닌 피아노였어요.

광택이 번들번들한 여느 피아노와 달랐어요. 그 피아노는 내가 고향을 떠나 이곳저곳을 떠도는 동안 부모님 댁에서 각종 가정용품의 거치대나 빨래 건조대로 쓰이다가 몇 해 전 결국 떠났어요. 피아노라는 정체성을 깨워 줄 진정한 연주자를 찾아서 말이죠.

그동안 피아노를 딱 두 번 조율했는데, 한 번은 장시간 연주하지 않아 음이 엉망이라는 누군가의 조언 때문이었고, 다른 한 번은 피아노를 떠나보낼 때 창피하다는 엄마의 결정 때문이었어요. 나는 피아노 조율하던 날을 선명하게 기억하고 있어요. 왜냐면 그날 난 어떤 결심을 했거든요. 다시는 피아노를 소유하지 않겠다고요.

신비로운 나무 색과 고요한 음색을 내던 나의 피아노는 어느새 집 안 한구석에 우두커니 앉아 있는 곰 인형이나 바늘이 없어 돌아가지 않는 턴테이블처럼 불쌍한 존재가 되었으니까요. 조율사가 피아노 뚜껑을 여니, 현에 녹이 슬어 음침한 동굴 같았어요. 숲의 정령이 머물리 없는 녹슨 피아노가 되어 내 앞에 있던 거예요. 피아노를 소유하지 않겠다는 결심은 살아가면서 내가 소유하게 될 것들을 향한 태도가 되었어요.

버려진 책들을 보면 어떤 기분이 드나요?

분리수거함에 버려진 그림책들을 본 적이 있어요. 쓸모가 다하면 버려지는 게 모든 물건의 마지막 모습이겠지만, 책은 어쩐지 다시 돌아보게 되네요. 하지만 버려진 그림책들 속에 내 책이 있을까 봐 황급히 고개를 돌렸어요.

예전에 어느 시인이 헌책방에서 절판된 자신의 시집을 훔쳤다는 글을 읽었어요. 부족한 자신의 시를 누가 읽을까 봐 훔쳤고, 부끄러움을 견디며 다시 시를 썼다고. 지금껏 시를 쓸 수 있는 건 누군가 자신의 책을 버렸기 때문이라고 했어요. 내게도 비슷한 경험이 있어요. 내가 누군가에게 사인해서 준 그림책이 1,400원이란 가격표를 달고 헌책방 앞 라면 박스에 담겨 있더라고요. 분리수거함에 버려진 그림책들을 보고, 그때 생각이 나서 고개를 돌렸나 봐요. 언젠가 도서관에 내가 만든 그림책을 희망 도서로 신청한 적도 있어요. 어떤 마음이었

을까요? 내 마음을 가장 모르는 사람은 나일지도 모르겠어요. 얼마 뒤 내가 신청한 내 책을 도서관 책장에서 꺼내 열어 보았죠. 책 중앙에서 펼쳐 본 흔적이 전혀 없는 책에서만 나는 특유의 작은 소음이 났어요. 쩌어억~! 지독하게 빳빳한 내 그림책을 들고 나라도 읽어야겠다는 마음으로 읽고 있는데, 어디선가 아이와 엄마의 대화 소리가 들렸어요. 공룡은 왜 뚱뚱하냐, 아빠보다 크냐, 왜 사라졌냐, 공룡 알은 맛있냐… 공룡 그림책을 보던 아이가 엄마에게 답할 틈을 주지 않고 마구 질문을 던지고 있었어요. 처음부터 답을 원한 게 아니라 자신의 질문에 도취했는지도 몰라요. 아이의 마지막 질문이 인상적이더군요.

"책은 진짜 '진짜'만 알려 줘요?"

책의 본질에 접근하는 심오한 질문이었어요. 책은 무엇일까? 아니, 무엇이 책이 되는 걸까? 나는 속으로 말했어요. 꼬마, 책 너머를 상상하는 어른이 되길.

그림책을 만들 때 작업의 마지막 단계에 다다르면 몸에 어떤 신호가 와요. 배나 머리 둘 중 하나가 아프거나 소화력이 떨어진다거나 공룡 엉덩이에 깔리거나 수억만 개 개미들의 이름을 부르는 꿈을 꾸기도 해요. 가장 놀라운 건 인터넷 서점에서 유사한 분야에 속하는 책들의 판매 순위를 확인하고, 아직 나오지 않은 내 책을 마치 기권패를 선언한 선수로 만들어 버리죠. 이런 나에게 누군가 책의 판매를 떠나 좋은 책을 만들라는 조언을 해 주었어요. 읽는 사람이 없는데 좋은 책인 건 어떻게 증명하지 하며 여러 경우의 수를 상상했어요. 사후에 재평가받는 방법 빼고는 없는 것 같은데, 그조차 절판되지 않았다는 전제 조건이 있죠. 매번 보이지 않는 괴물과 싸우는 기분인데, 이제는 그조차 새로운 경지에 이르렀어요. 다음에 나오는 건 이번 작품보다 판매가 괜찮을 것 같다고 날 속이는 경지, 아니면 강 건너 남의 책 보듯 하는 전략도 괜찮을지도 몰라요.

나는 오늘도 녹슨 피아노를 만들지 않겠다고 생각하면서 동시에 언제든 버려질 수 있다는 걸 가정하면서 그림책을 만들어요.

멀고 쓸쓸한 길에서 친구가.

추신.
내가 사랑하는 그림책에 '네 곁에 있어도
괜찮겠니?'라는 문장이 나와요. 가끔 나도 물어요.
내가 그림책 세상에 있어도 괜찮을까?

우리 집 앞에 작은 슈퍼가 있어요.

내가 처음 이사 왔을 때부터 지금까지 단골이에요. 나는 동네 슈퍼에서 필요한 생필품과 식재료를 구입해요. 단골이 된 지 벌써 칠 년 하고 두 달이 지났더군요. 얼마 전 들었는데, 이 슈퍼에서 가장 오래된 단골이 나라고. 내가 요즘 사람(나름은?)치고 인터넷 쇼핑이나 대형 마트를 이용하지 않아서 그런가 봐요.

주인 아저씨가 얼마 전, 계산대 앞에 서 있는 내게 "고 선생님(적립 카드에 적힌 이름 대로)은 이런 거 드려도 기분 상하지 않으시죠?" 하며 상한 부분을 도려낸 양파 세 알을 내밀었어요. 나는 크고 분명한 목소리로, "그럼요!"라고 말했어요.

첫인사가 늦었어요.

사실 평소처럼 멋진 첫인사를 고심하느라 늦은 게 아니랍니다. 첫인사이자 끝인사가 될지도 모르는 이런 서글픈 인사는 하고 싶지 않아서 미루다 미루다 늦었네

요. 잘 지내죠? 그래야 해요.

가난이 생활 곳곳에 습기처럼 배어 있던 유년의 어느 날, 지금의 나보다 젊은 엄마의 등이 보여요.

엄마는 자식들에게 주기 위해 부잣집에서 얻어 온 천도복숭아를 흐르는 수돗물에 정성껏 닦아 냈어요. 반절이나 곪은 천도복숭아를 칼로 뭉텅 베어 내며, 다짐 비슷한 희망을 품어 봐요. '나중에 먹고살 만해지면 아이들에게 성한 과일을 먹일 테다.'라고 말이죠. 엄마의 바람이 하늘에 닿았는지 지금 우리 삼 남매는 사철 싱싱한 과일을 먹어요.

썩은 양파와 곪은 천도복숭아는 무엇이 되었을까요?

과장을 조금 보태면 지금 이 글 안에서 작은 싹이 움트며 굼틀거린다고 믿어요. 아마 그 끝에 사람 눈에는 보이지 않는 생명이 피어날 거라고. 과한 기대인지 모르겠지만, 버려지지 않은 농작물 끝에 달린 안도와 희망을 나는 보았다고 말하고 싶어요. 그게 내 몸 안에서 순환하고 있다고 믿고 싶어요.

슈퍼 아저씨가 준 양파 세 알을 보면서 우리의 마지막 편지를 떠올렸어요. 나는 우리가 상한 부분을 도려낸 양파를 편하게 주고받는 사이였으면 좋겠어요. 수십 통의 편지를 주고받는 동안 느낀 편안함을 뭐라고 표현하면 좋을까요? 결과물의 완성도와 독자의 반응을 살피느라 보이지 않는 괴물의 앞발에 눌린 기분으로 살았던 내게 이렇게 편지를 주고받는 일은 색다른 의미였어요. 좋아하는 사람에게 주고 싶은 말을 고르는 무구한 경험이었어요. 나는 다시 이런 경험을 하긴 어려울 거예요.

누구처럼 잘 팔리는 그림책을 만들라는 충고를 들은 적이 있어요. 나는 화가 날 만도 한데 이상하게 웃음이 나더라고요. 그림책 안에서 서로의 개별성을 존중하라고 말하면서 정작 그 책을 만드는 사람들은 그러지 못하고 있구나, 속으로 살짝 비웃었죠.

그림책 세상에서 중요하게 다루는 소재가 있다면 나로 존재하는 나를 긍정하는 것. 하지만 이 동네에서 일하는 우리는 타자와 나를 끝없이 비교할 수밖에 없어요. 너는 너로서 반짝인다고 말하고 돌아서서는 반짝이긴커녕 간신히 가물가물하죠.

그림책 세상과 현실은 매우 다르지만, 나이기에 말할 수 있는 영역이 있다고 믿어요. 우리가 서로의 그림책을 기다리는 이유이자 서로의 선택을 존중하는 이유이기도 하죠.

우리가 무람없는 사이가 되어 조용히 늙어 가고 싶은 바람을 품어 봐요. 아무 때나 전화해 글이 제자리라고 푸념도 하고, 날씨가 우울해서 나도 우울하다고 핑계도 대면서. 그리고 우리가 목격하게 될 노년의 시간, 그 당혹감도 함께 나누면서. 이건 비밀인데, 앞으로 나는 무모한 일을 하나씩 해 나갈 예정이에요. 지난 여행 때, 나지막한 오름을 올랐을 때 그동안 품어 온 오랜 꿈이 생각났어요. 그 꿈이 이뤄지면 다시 편지를 쓰겠어요. 내 편지를 받은 정 작가가 '아, 이 사람 마음속에 기어이 꽃이 폈구나.' 하고 생각해 줬으면 좋겠어요.

마지막이 아닌 척 인사 나누고 싶은데, 쉽지 않네요. 담백하게 마지막 인사를 남길게요. 아, 마지막이 아니지. 내가 꿈을 이루면 다시 편지 쓴다고 했으니. 나는 꿈을 이룰 테니까.

모쪼록 건강하고 사랑하는 사람과 사랑을 다해 사랑하시길.

멀리서 친구가.

추신.

나는 앙투안 마리 로제 드 생텍쥐페리가 마지막으로
비행했다는 곳에 가 볼 생각이에요. 그게 나의
마지막 꿈이에요.

한밤의 보라

✷ 못다 한 이야기

너는 내가 하는 일은 죄다 아무짝에 쓸모없다고 생각하지?

두 사람 사이에 놓인 침묵을 깬 것은 당신의 말이었지. 그 말에 아니라고 부정하지 못한 나. 당신이 비닐봉지에서 꺼낸 붕어는 어느새 눈가가 짓무르고 입이 벌어져 있었지. 맨손으로 붕어를 잡아 강에 놓아주기 몇 초 전, 몸통을 한 번 휘청했던 붕어가 물 아래로 가라앉았고.

민간 신앙과 미신 사이에 당신의 종교가 있었지. 주위 사람들의 시선을 의식한 나와 붕어를 놓아준 뒤 사방천지에 내 이름을 부르며 절을 하는 당신. 되는 일이 없는 나를 위해 방생을 해야겠다는 당신을 말리지 못했어. 졸래졸래 당신 뒤를 따라오면서도 '되는 일이 없는 나'를 원망했다가, 평일 정오 강가에서 창피를 무릅쓰고 붕어를 방생하는 당신 곁을 지키는 나를 대견하게 생각했다가.

여기가 붕어의 고향인가?

내 말 같지 않은 말에 아무 대꾸도 없는 당신. 연일 건조한 날씨에 눈까지 내리고, 늦봄에 내리는 눈이 차가웠다고, 나는 속으로 메모를 해 두었지. 가방에 넣어 둔 대학 노트를 꺼내고 싶었지만, 지나치게 진지한 당신 때문에 그럴 수 없었어. 3월인데 호우 주의보가 내려진 이상한 날이라고 구시렁대는 내게, 기상청이 어떤 곳인데 이렇게 변두리 동네의 날씨까지 알려 주겠냐고 응수하는 당신. 나는 잠자코 있다가 중간까지만 가자 싶었지.

지난 시간을 돌아보면 당신 덕분에 연명해 온 시간이었지. 그래서 당신의 믿음을 긍정해야 옳은데, 자신이 없어. 하늘만 바라보다가 눈송이가 눈썹 위로 내려앉았어.

그날 기억나?

한밤중에 공동변소까지 가려면 각오보다는 배짱이 필요한데, 그날은 나에게 둘 다 없었지. 변소가 있는 방향에서 불빛이 보였어. '아, 다행이다.' 하면서 다가가는데, 사람 소리가 들렸지.

넝쿨만 남은 장미 나무 뒤에 숨어 빛과 소리가 새어 나오는 곳을 훔쳐봤어. 잘못한 것도 없는데 사과할 준비부터 하는 사람처럼 그렇게 한밤에 열리는 의식을 목격했어. 당신이 한 번도 입은 적 없는 보라색 원피스를 입고 두 손을 모으고 있었어. 당신 곁에는 오색 모자를 쓴 젊은 여자가 서 있었고, 손에는 부엌칼이 들려 있었지. 입으로 쉬지 않고 주술 같은 것을 게워 내면서. 여자가 들고 있던 칼은 평소에 고등어의 배를 가르거나 바람 든 겨울 무를 자를 때 쓰던 당신의 부엌칼이었어.

여자 주변에 촛대가 놓여 있고 바람에 촛불들이 흔들거리고 있었지. 나는 잠시 촛불이 예쁘다고 생각하며, 오른쪽 다리와 왼쪽 다리를 포개어 터질 것 같은 오줌보를 붙들고 있었고.

칼을 든 여자가 깡충깡충 뛰기 시작하자, 발아래서 흙먼지가 나풀대고 당신은 계속 뭐라고 중얼거렸지. 바람결에 나풀대는 것이 또 있었는데, 공동변소 주변에 놓아둔 파리 잡는 끈끈이였지. 나는 끈끈이를 놓아 둔 사람이 당신이란 걸 알고 있었지. 여러 가구가 모여 사는 공동 주택 곳곳에 모기향과 파리 잡는 끈끈이 테이프를 붙여 두는 당신 덕분에 공동 주택은 시멘트가 벗겨진 외형에 비해 단정하고 다소곳한 인상을 주었어.

그런 당신이 한밤중에 굿을 하고 있었지. 한 번도 입지 않은 원피스를 입고. 나는 나이를 조금 더 먹은 후에야 그날 목격한 의식이 굿이란 걸 알았지.

부도 위기에 몰린 공장에서 해고당하지 않을 것이라던 당신의 남편은 그날 굿판이 끝나고 보름 후인가, 월급도 받지 못한 채 해고당했지. 만신의 장담과 반대의 결과였어.

너는 쓸데없는 소리만 지껄이냐.

눈송이가 커지는데 당신은 방생을 멈추지 않았어. 지루해진 내가 공동 주택 시절의 이야기를 꺼내자 면박을 줬지. 하지만 나도 지지 않고 말을 이어 갔어. 지루한 의식을 벗어나고 싶었으니까. 한밤의 굿판이 끝난 후에도 당신은 부지런히 믿음을 의탁할 곳을 찾았지. 내가 경 씨 아줌마를 말하자, 드디어 당신은 의식을 멈추고 날 바라봤지.

집에 커다란 냉장고가 생기고 얼마 지나지 않아, 우리는 분식집 경 씨 아줌마를 만났어. 분식집을 하고 있었지만, 주업은 시장 사람들과 유흥업소 사람들의 사주를 보는 일이었지. 깡마른 체구에 잇몸에 맞지 않는 틀니를 달그락거리던 여인이 당신의 새로운 만신이었어.

병으로 죽은 아들이 남긴 아이를 키우고 있던 경 씨. 아줌마는 분홍소시지를 넣은 김밥과 설익은 라면을 파는 그곳에서 어린 손주와 숙식을 해결했어. 경 씨 아줌마를 당신은 영험한 만신이라고 믿었어. 입시생인 맏딸의 대학 합격과 아들의 교통사고를 예측했으니까.

하지만 경 씨 아줌마의 예측은 점점 과녁 근처도 못가 본 화살처럼 빗나갔고, 자식들은 엉뚱한 점괘를 늘어놓는 경 씨 아줌마를 싫어했지. 정확하게 말하면, 경 씨 아줌마의 점괘를 맹신하는 당신의 믿음을 원망했는지도. 경 씨 아줌마의 액막이 방법은 창의적일 만큼 엉뚱했지.

닭발을 고아 먹이면 아픈 딸의 구부러진 다리가 쫙 펴진다거나 시부모님 묏자리를 옮기면 아들이 취직 시험에 합격한다거나 부적을 넣은 속옷을 빨지 않은 채 열흘을 입으라거나.

하지만 나는 알아. 믿음이 떠난 자리에 연민이 대신하고 있음을 말이야. 아줌마네 집안에 당신 손길이 미치지 않은 곳이 없었지. 어린 손주 잠자리가 추울까 봐 장만해 준 전기장판부터 아줌마의 틀니, 명절 음식과 제철

과일까지. 당신에게 경 씨 아줌마는 믿고 따르는 만신이 아니라 돌봐야 할 가족이 되어 버렸지.

'사람의 일이 아니더라.'

당신이 경 씨 아줌마에게 얼마나 지극했는지 말하고 있는데, 갑자기 눈이 펄펄 내려 놀랐고, 사람의 일이 아니라는 당신 말에 두 번 놀랐지. 무엇이 사람의 일이 아니냐고 되물었더니, 앞날을 보는 것이라고 말하는 당신. 주책없이 내리는 3월의 눈송이보다 더 모호한 말인데, 부연 설명 없이 이해했지. 경 씨 아줌마의 장례를 도맡아 준비하던 당신에게 먼 친척이란 사람이 들려준 말을 나도 기억하니까. 경 씨 아줌마가 심장 마비로 죽고 아줌마의 어린 손주는 당신이 사 준 두툼한 오리털 점퍼를 입고 친척 집으로 떠났지. 조문객이 별로 없는 장례식장에서 당신과 내가 육개장 담을 그릇 개수를 세고 있는데, 아줌마의 친척이란 사람이 다가와 신내림을 받은 건 죽은 경 씨 아줌마가 아니라 그의 아들이었다는 말을 들려주었지. 아들의 신병을 피하려고 대신 신내림을 받은 아줌마는 결국 신의 저주를 피하지 못하고 박복한 팔자를 살게 된 거라는 말이었는데, 죽었다는 아들도 신내림을 거부해 결국 신병으로 간 거라고.

사실 나, '당신에게'라고 쓰고 며칠을 글을 쓰지 못했어. 종이에 볼펜으로 글씨를 쓰다가, 다시 컴퓨터 자판을 두드렸다가. 우리 사이에 이런 글을 주고받는 게 새삼스러워서. 늘 받기만 하는 내가 당신에게 무엇을 준다는 게 어색해서.

이럴 줄 알면서도 꼭 쓰고 싶었어. 낡은 다세대 주택 담장에 '철학관'이란 글씨를 보니까 당신 생각이 나더라. 평생 앞날이 궁금했고 우리에게 닥칠 불행의 전조가 두려웠던 당신인데, 이제 그 모든 게 사람의 일이 아니라고 말하는 사람이 되었네. 철학관이란 간판을 보고, 마지막 순간까지 가짜 만신에게 속은 당신이 생각났어. 어쩜 당신은 오래전에 이미 알고 있었을지 모른다고. 가짜 만신의 정체가 아니라, 우리 앞에 놓인 보이지 않는 액운의 정체를 우리가 결코 짐작할 수 없을 거라는 사실을 말이야. 나는 어린아이를 보면 그런 생각을 해. 저 생명이 살아갈 날을 짐작할 수 있다면 과연 우린 완벽하게 행복에 접근할 수 있을까.

얼마 전 선이가 낳은 아이를 봤어.

당신 큰언니의 자랑스러운 딸, 선이가 불편한 몸을 가진 남자랑 결혼한다고 했을 때, 아무 말도 하지 않았던 당신과 곡기를 끊어 버린 당신 언니 사이에서 난 아무 생각 없는 척 굴었지. 그 남자가 나와 같은 병을 앓고 있다는 걸, 굳이 확인하지 않아도 알 수 있었어. 근육과 뼈가 휘어지는 병. 일면식도 없는 남자와 동질감이나 동정을 느끼는 것도, 친척 모두에게 자랑이던 선이의 앞날을 막을 사람이라는 불안도 나는 느끼고 싶지 않았어.

물론 '나라면'이란 생각을 아예 하지 않았다고는 말할 수 없어. 당신도 알잖아. 나 쓸데없는 부분에서 골몰하다가 정작 중요한 문제에는 손도 못 대고 끝나는 사람이란 걸. 반원 모양으로 휘어진 그의 다리를 보고 나는 뻔뻔하다고 생각했어. 앞으로 나빠질 일만 남은 우리 같은 사람이 누군가와 함께 꿈꾸는 일은 이기적이고 어리석다고. 일가친척이 전부 그들의 불행을 점치는 동안, 선이의 몸에서 아이가 자라고 있었지. 아이를 왜 나무처럼 자란다고 말하는지 궁금했는데, 선이의 아이를 보니까 알겠더라. 콧잔등을 찌그리고 팔과 다리에 힘을 주는 아이를 보니까 나무처럼 곧게 자랄 것만 같았거든. 선이가 아이를 내 품에 건네자, 곁에 있던 그녀의 남편이 팔을 뻗어 아이를 받치는 거야. 악수할 힘조차 없는 날 걱정했던 거지. 자신도 별로 다르지 않으면서.

아이가 날 보고 울먹이자 선이가 웃으며 다시 아이를 넘겨받았어. 선이 품에서 자기 엄지손가락을 빨고 있는 아이가 신기해서 나도 모르게 그 손가락을 잡았지 뭐야. 침이 흥건한 손가락을 나도 모르게 움켜쥐듯 잡아 보았어.

당신의 놓아 준 붕어가 고향으로 돌아가 마음씨 좋은 사람을 만나 살아 돌아올 수 있었다고 말할 가능성은 전혀 없어 보이지만, 강 아래로 가라앉았던 붕어가 다시 헤엄치는 모습을 봤을 때 나도 신기했어. 나는 강 아래서 죽겠구나 했는데. 어쩌면 얼마 가지 못하고 죽었을지도 모르지만. 눈송이가 강물 위에서 녹아 없어지고, 녹물 같은 강줄기를 따라 붕어가 헤엄을 치는데 우습기도 하고 애잔하기도 하고. 앞날은 모르지만, 순간은 헤엄치고 있으니까.

앞날은 볼 수 없지만, 순간은 살 수 있는 인간처럼.

곧 당신 생신날이 다가오네.

천지신명의 서포트를 받아서라도 잘 부지하고 싶었던 생을 살고 있는 당신과 당신 덕에 운명보다 사랑을 믿는 사람으로 살아가는 내가 있어.

천기가 누설될까 봐 꽁꽁 싸매고 아무것도 보여 주지 않았던 하늘. 그 무정한 하늘이 있어 오늘도 더듬더듬 살아가는 우리. 더듬어 온 길이 보여 주는 걸 믿어 보자고 다짐했던 날도 있었지. 내가 그렇게나 긍정적일 때도 있었나? 아무튼 지금은 당신과 농담을 주고받을 시간이 얼마나 남았는지 그게 가장 궁금해. 아니다, 그것보다 당신의 속내가 궁금해. 왜 나와 수많은 점집 문턱을 함께 넘었는지 말이야.

곧 만나, 나의 당신.

추신.
내 사주에 불이 많다는데, 불같은 사랑은 언제쯤 할 수 있을까?

시치미 떼듯 생을 사랑하는 당신에게

고정순 글·그림

1판 1쇄 펴낸날 2022년 6월 25일
펴낸이 이충호 | **펴낸곳** 길벗어린이㈜
등록번호 제10-1227호 | **등록일자** 1995년 11월 6일
주소 04000 서울시 마포구 월드컵북로 45 에스디타워비엔씨 2F
대표전화 02-6353-3700 | **팩스** 02-6353-3702
홈페이지 www.gilbutkid.co.kr
편집 송지현 임하나 이현성 황설경 김지원 | **디자인** 김연수 송윤정
마케팅 호종민 신윤아 김서연 이가윤 이승윤 강경선
총무·제작 최유리 임희영 김혜윤
ISBN 978-89-5582-650-0 04810, 978-89-5582-649-4 (세트)